...tween, ~~the steel dark~~ ... and branches
beyond a thick, you ste... from under which
stars. The moon gone d... many
you urinate up looking ... risen
of Southern Cross, ... the uncross-like bl...
profundity of ^initial^ urination and thus each morning in the
publicity of constellations reflect upon ~~the~~ ~~...~~
Listen to the night, and not awake you
then walk to where Pap sits move highly past you.
pipe comforted, his vestures perched before the fire,
time before daylight and the windless burning, loving the
dead branches he says, "How are you, governor"
"No worse than you."

The sky is very high there and branches
come between, ~~the steel dark~~ from under which
beyond a thick, you step out to see too many
stars. The moon gone down, the breeze not risen
you urinate up looking at the uncross-like
of Southern Cross, and th...
profundity of initial ...

Ernest M. Hemingway.

ERNEST HEMINGWAY

海明威文集

伊甸园

〔美〕海明威 著 吴劳 译

The Garden of Eden

上海译文出版社

图书在版编目(CIP)数据

伊甸园/(美) 海明威(Ernest Hemingway)著；
吴芳译.—上海：上海译文出版社，2019.8
(海明威文集)
书名原文：The Garden of Eden
ISBN 978-7-5327-8150-8

Ⅰ.①伊… Ⅱ.①海… ②吴… Ⅲ.①长篇小说—美
国—现代 Ⅳ.①I712.45

中国版本图书馆 CIP 数据核字(2019)第 104066 号

Ernest Hemingway
The Garden of Eden

伊甸园

〔美〕海明威 著 吴 芳 译
责任编辑/宋 佥 装帧设计/张志全工作室

上海译文出版社有限公司出版、发行
网址：www.yiwen.com.cn
200001 上海福建中路 193 号
上海雅昌艺术印刷有限公司印刷

开本 889×1194 1/32 印张 8.5 插页 6 字数 130,000
2019 年 8 月第 1 版 2019 年 8 月第 1 次印刷
印数：0,001—5,000 册

ISBN 978-7-5327-8150-8/I·5017
定价：48.00 元

译本序

据海明威的出版商小查尔斯·斯克里布纳回忆，玛丽·威尔什[1]曾带着满满一大购物包她丈夫的遗稿到他办公室，其中主要有三部大作品的打字稿：长篇小说《岛在湾流中》、晚年重访西班牙后写的可算是关于斗牛的专著《死在午后》的续篇《危险的夏天》以及一部由作者定名为《伊甸园》的长篇小说。

《岛在湾流中》和《危险的夏天》先后于1970年及1985年出版。但《伊甸园》的情况比较复杂。虽然原稿长达1500页之多，却是部未完成的作品。

海明威于1946年初开始写作本书，至同年6月，一气呵成地完成了800页，但此后写写停停，到1961年自杀，始终未能完卷。然而查尔斯发现，未完成的只是手稿的第二部分，而第一部分完全可以独立成篇，只消作些必要的校订就行。本书终于在1986年问世，受到国内外读者的欢迎，并博得一些有地位的评论家的好评。

为慎重起见，查尔斯在卷首简短的“出版者说明”中声明：“……我们对手稿作了一些删节和一些常规的编辑校订。除了使行文清晰并前后一致而插入极少数零星词语外，没有增添任何词句。就一切重大的方面来说，本书完全是作者的亲笔。”

查尔斯还在卷首的《前言》中写道：本书“就它提供了关于一个忌妒丈夫写作成名并渴望改变自己的性别的聪明女子的心理状态的深刻写照来看，似乎背离了他那些通常运用的主题”。实际上，和海明威绝大多数作品一样，本书还是以男主人公为中心的。那是个美国青年作家，戴维·伯恩，他于二十年代中从巴黎带了新婚妻子凯瑟琳到法国南部地中海海滨度蜜月。他们钓鱼、游水、夜夜做爱，迫不及待地上咖啡馆吃早饭，完全沉浸在亚当夏娃般的二人世界中。

可惜对他来说，好景不长。凯瑟琳是富家女，父母双双汽车失事身亡，留给她的遗产，随着她年龄的增长，可以逐步动用。所以她不甘寂寞，突然提出要干一桩叫他吃惊的事儿：一个人到死水城去找一个发型师把头发铰短，成为男孩的模样。夜间做爱时，自称是彼得，他才是凯瑟琳，今后要永远主动跟他做爱。他开始感到无可奈何。

等他们收到第一批从巴黎转来的信件时，又产生了分歧。他看到出版商谈到他第二部写大战经历的小说销路不恶已安排第二次印刷时，计算了一下，可得一千元，但她收到了两张支票，认为生活根本不用愁，看到出版商寄来的那些剪报，上面的书评有的赞美有的谩骂，她认为不必计较，保留着对他不好，他却放在心上，留待以后细看。

戴维想继续写作，凯瑟琳却想继续旅行。两人终于开车一路朝西到了法国西南边境的小城昂代，在旅馆住下，那里能眺望大西洋的比斯开湾和南面的西班牙边境城市。他开始写作，可是在喝酒时，为了一点小事，凯瑟琳提起了那些剪报，两人婚后第一次口角，她直言嫁他可不是因为他是作家。尽管事后她道了歉，但裂痕就此存在了。然而她还是不甘寂寞，到附近小城去找个最好的发型师理成英国贵族公学学童式的平头，他乍见之下，脱口而出地说，“你干了什么好事，魔鬼？”此后就常常管她叫魔鬼！

---

① 这是海明威的第四任妻子，也是末一个，于 1946 年成婚。

据《圣经》中的伊甸园故事，是夏娃受不了化身为蛇的魔鬼的引诱，偷吃了智慧树上的禁果，才导致被耶和华把她和亚当一起逐出伊甸园的。但在戴维眼里，他的夏娃，凯瑟琳，竟成了魔鬼的化身，来干扰他的创作。这一方面展示了本书的主题为青年作家在创作与恋爱的矛盾中如何搞平衡的问题，另一方面说明海明威多少涉及了人类原罪的祸根是女人这一传统观念。

戴维夫妇观光马德里后，回到法国东南部地中海海滨，在旅游城市戛纳西面的纳波尔一家旅馆内住下。后来在戛纳一家咖啡馆内结识了爱脸红的俊姑娘玛丽塔。凯瑟琳一下子给吸引住了，竟在第二天中午把她带到旅馆，拉她订房间住下，两人都说喜欢她。这样二人世界变成了三人世界！

但是凯瑟琳继续任性行事。到了纳波尔，她去找了一位发型师，约好由她带丈夫同去把头发剪短并染成银白色，来衬托刻意晒黑的皮肤。戴维被说服了，但心里嘀咕：这样下去哪有个完。现在来了个第三者，又是凯瑟琳，不但公开说爱上了玛丽塔，还怂恿丈夫吻她，建议一同上偏僻的小海湾去裸泳，并且鼓励丈夫和玛丽塔单独去游水，开车出去吃饭，就这样使三人给卷进一场性的游戏。

这时戴维搁下了已写到西班牙游程的他们蜜月旅行的游记，开始以他小时候父亲带他到东非洲狩猎的经历为题材写作一系列短篇小说。但凯瑟琳硬要他继续写游记，把玛丽塔也写进去，并且订下计划，要去巴黎请一些现代派画家作插图，安排出版。倒是玛丽塔领会戴维的心意，赞美这些短篇小说，不惜和凯瑟琳顶嘴，要让他安心写作。凯瑟琳由妒生恨，竟把那些剪报和他用铅笔写在练习簿上的短篇小说全部烧掉，最后留下一信出走，使戴维在玛丽塔的呵护下，恢复了写作的信心，把已烧掉的他最心爱的那一短篇凭记忆重新写出来。

事情的发展似乎出乎戴维，也应该说，读者的意料。他的夏娃，凯瑟琳充当了魔鬼的角色，使他“失乐园”，而第三者，玛丽塔，本该起到魔鬼的作用，却使他“复乐园”。这正是本书的独特之处。

海明威所有作品中都或多或少地有他自己的影子。他于1919年1月从意大利回美，以为在米兰美国医院养伤时结识的美国护士艾格尼斯·冯·库鲁斯基(也就是《永别了，武器》的女主人公的原型)愿意嫁他，但她在3月中一封来信中说已爱上一位贵族世家的意大利中尉。海明威这时期中身心交瘁的情绪在那著名的短篇小说《大双心河》中有细致的反映。1920年11月初在芝加哥结识比他大八岁的哈德莉·里查逊。她小时从楼窗坠下，背部受伤，落下了后遗症，十二岁时父亲事业失败后开枪自杀，她本人也由于体力关系而放弃钢琴表演的生涯。直到1920年秋母亲去世，留下一笔信托基金，使她一年可得三千元，才能独立自主地生活。她曾爱上自己的钢琴课老师，但被对方拒绝。在这种情况下，她和海明威走到一块去了。她身材高大，头发金红色，性格温柔，吸引了海明威。两人经过近一年的通信，于1921年9月初结婚。不久，她的叔父阿瑟留给她八千元遗产，11月，海明威被《多伦多星报》聘为驻欧通讯员，才和哈德莉乘船赴欧，在巴黎定居下来，开始艰苦的创作生活。

1925年3月，海明威在巴黎结识比他大四岁的波琳·菲佛。她于1918年在密苏里大学新闻系毕业后，当上记者，于二十年代初到巴黎，担任《时尚》杂志法国版的编辑助理，常出席时装展览会。她身躯娇小，像个男孩，黑发黑眼，性情活泼，衣着时髦，见多识广，但并没有马上使海明威动心，到那年秋天，才开始有好感，在为期两周的圣诞假期中，去奥地利的旅游胜地施伦斯滑雪，她刻意追求海明威，终于在下一年2月，两人在巴黎成为情侣。哈德莉为了孩子，竭力挽回，但海明威的好友也怂恿他离开哈德莉，两人才于同年8月分居。1927年1月，两人终于离婚，5月，他就和波琳结婚。这时他已先后发表了中篇小说《春潮》和长篇小说《太阳照常升起》，创作生涯进入一个新阶段。

《伊甸园》发表后，有的评论家认为该小说“部分根据他和哈德莉及波琳的婚姻的一些往事，并触及一些他当时和玛丽的共同生活的内幕情况……”[①]但读者不难看出海明威仅仅以这些素材作为契机，生发出一个富有独创性的故事。凯瑟琳和哈德莉一样，也有丰厚的遗产，可以让丈夫安心写作，但生活中的海明威，和妻子在巴黎定居的初期，生活相当拮据，可参见他的回忆录《不固定的圣节》中“虚假的春天”那一章。但《伊甸园》中那对青年夫妻生活已相当豪华。他们用的路易威登箱包、乘坐的布加迪小轿车，喝的各种酒，都是当年欧洲的名牌。他们开风气之先，在尚未成为世界旅游重点的法国东南部地中海边的“蓝色海岸”穿着休闲服走动，在偏僻的海湾裸泳，尽情享受性爱生活。评论家认为这和海明威当时和玛丽长期居住在佛罗里达州南端的基韦斯特岛的浪漫气氛有关，使这部小说带有强烈的刺激感官的效果。

海明威对女人的头发特别敏感，在很多短篇及长篇小说中有细致的描写。例如《丧钟为谁而鸣》中的西班牙姑娘玛丽亚，被叛军糟蹋后剃掉了头发，三个月后，在游击队中遇到来执行炸桥任务的美国人罗伯特·乔丹时，才长成一头短发。罗伯特特别钟爱。在生

---

① 引自卡洛斯·贝克的《欧内斯特·海明威：生平故事》（纽约，1969年）第454页。

活中，海明威曾先后要求他那几个妻子把留长的头发铰短，改变发型和颜色。在这部他生前来不及定稿发表的《伊甸园》中，那对年轻情侣把头发染成同样的颜色，剪得同样短，试图交换性别，达到水乳交融的境界。在二十年代，妇女留长发是传统的行为，留短发则意味着叛逆。海明威在早期作品《太阳照常升起》中，就让女主人公勃莱特夫人把一头短发朝后梳，像个男孩，因为她当时正在巴黎过着放浪不羁的生活。到书末，她和西班牙年轻斗牛士罗梅罗短期同居，笃信天主教的罗梅罗曾要求她把头发留长，回复传统。

关于戴维写作活动的描写，贯穿全书，似乎成为一条副线。他第一部小说《裂谷》就是以东非洲为背景的。第二部写第一次世界大战中的飞行员故事，出版后即结婚，到法国南部度蜜月。后来搁下游记，一连写了三个短篇，也都是根据他小时候和父亲到非洲狩猎的经历构思的。其中的第二篇涉及 1905 年坦噶尼喀土人起义，当时戴维大约八岁。这就是说戴维比海明威本人大两岁左右。但海明威小时候经常由他父亲带到密歇根州下半岛西北端的瓦隆湖边度假，在那边尽情地钓鱼、游水、捕捉小动物，从小爱上户外生活。后来以虚构的尼克·亚当斯为主人公的一系列短篇小说就都是以那个地区为背景，从尼克小时候陪父亲到印第安人家接生，看到那做丈夫的如何忍受不了痛苦而自杀，写到尼克青春期的第一次性爱经验，一直到从欧洲带了战争创伤回到那地区的大双心河，心如止水，如何垂钓，如何搭篷帐宿夜。后来结婚生孩子，当上作家，都有所反映。因此，海明威研究专家菲利普·扬把这些短篇按主人公成长过程加以排列，于 1972 年结集出版，题名为《尼克·亚当斯故事集》。读者可以从中看出，海明威从来就是根据个人经历加上想象虚构来搞创作的，而不像好些前辈短篇小说家如莫泊桑、契诃夫、欧·亨利以及同时代的毛姆（早期作品除外）那样主要以讲别人的故事见长。

实在海明威要迟至1933年年底才第一次和第二任夫人波琳在著名的白人职业猎手菲利普·珀西瓦尔陪同下到东非打猎，前后72天，打到了三头狮子等大动物。这次经历在创作上的收获是游记《非洲的青山》(1935)以及两个著名的中篇《乞力马扎罗的雪》和《弗朗西斯·麦康伯短促的幸福生活》。尽管这两个中篇都是别人的故事，熟悉海明威生平事迹的读者可以处处看出作者本人生活的反映。

戴维写的第三个短篇实际上就是海明威那次非洲之行后写的一个短篇《一个非洲故事》。这是个完整的猎象故事，写戴维小时和一只小狗在树林中发现了一头大公象，它的象牙长得几乎触及地面。他回去报告了大人，他父亲就带了土人猎手朱马一起追踪。海明威从第十八章一直到二十四章，把《一个非洲故事》的全文分段插在这部长篇小说中，写到为了猎取宝贵的象牙，大人们如何苦苦追踪，终于残酷地枪杀大象，而戴维幼小的心灵被他们的贪婪所震惊，从同情象的遭遇到憎恨他一向崇拜的教会他如何用皮弹弓打小动物的朱马，对父亲说但愿大象不仅仅把朱马撞伤而是杀死了他，使他父亲吃惊。

天真无邪的少年在逐步接触成人世界的残酷现实的过程中幻灭是西方文学传统中写主人公成长过程的教育小说中的永恒主题。这使人想起福克纳的著名中篇小说《熊》。美国南方大种植园主麦卡斯林的孙子艾萨克十岁时和大人们一起进入大森林猎熊，在印第安酋长和黑女奴所生的混血儿山姆·法泽斯的教导下学打猎，两年后，猎杀了第一头鹿，山姆为他举行了印第安人正式成为猎人的仪式。十六岁时，参加追捕大熊“老班”的狩猎活动，结果虽然杀死了大熊，山姆和猎狗“狮子”也都搭上了性命。福克纳和海明威一样，同样不厌其详地写出了整个过程，还写到艾萨克从他当作精神上的父亲的善良的山姆身上学会了如何做人。他认清了祖先的罪恶，甘愿放弃建筑在奴隶制上的庄园，搬到镇上，学耶稣的榜样，当上一个自食其力的木匠。

但是《伊甸园》中的这个猎象故事似乎游离于这位处在写作和恋爱的矛盾中的青年作家当时的生活之外。也许在那未完成的第二部原稿中有所张本。这个谜只能等待以后是否加以整理发表时才能解开了。不管怎么样，这两位美国的诺贝尔文学奖获得者都触及了这个永恒主题，这该是和西方文学中一脉相承的对人性的关怀这一传统分不开的。

海明威在《伊甸园》中保持了早年的清新简洁的文风，并且就其题材来说，可说是一部青春小说。当时他的健康状况已大不如前，这在同时写作并于1950年发表的《过河入林》中已有所反映。无怪美国当代作家厄普代克在当时发表在《纽约客》周刊上的书评中精辟地写道：本书是“一个奇迹，是早期的魅力的一次新的表述”。詹姆斯·索尔特在《华盛顿邮报》的“书的世界”上写得更为全面：“海明威的告别之作，刻意求工、令人激动、恣意任性可又纯情无邪，忠实于它那高大不朽的制作者和它本身，全然不知黑暗即将降临[①]。”

吴　芳

1999年1月7日

---

① 显然是指海明威终于未能完成本书而于1961年7月2日把双管猎枪塞进口中扣动扳机自杀。

第一部

第一章

他们当初住在王家水道港[1]，那家旅馆坐落在一条从死水城城墙朝南直通海洋的运河边。他们可以隔着低洼的卡马尔格平原望见死水城的那些塔楼，几乎每天的某一时间，他们骑自行车顺着运河边的白色道路上那边去。每逢傍晚和早上的涨潮时分，会有海鲈进入运河，他们就能看到鲻鱼拼命蹦跳，免得被鲈鱼吃掉，还看到鲈鱼袭击时水面激起了波浪。

有道防波堤朝外伸进喜人的蓝海，他们在防波堤上钓鱼，在海滩边游水，每天帮渔夫们把网到鱼儿的长长的渔网拖上有坡度的长长海滩。他们在街角面海的咖啡馆里喝开胃酒，观看远处狮子湾中捕鲭鱼的渔船的风帆。这是暮春时分，鲭鱼正在洄游，该港的渔民忙得厉害。这是个令人愉快的友好的镇子，这对年轻夫妇喜欢那家旅馆，那儿楼上有四间屋子，楼下有个餐厅和两张台球桌朝着运河和灯塔。他们住的那间屋子看来就像凡·高画中在阿尔的那一间[2]，不同的是这儿有张双人床和两个大窗户，你可以越过河水和沼泽和海滨草场一直望到白色的巴拉伐斯镇[3]和它那明亮的海滩。

他们吃得挺不错，但老是觉得饿。他们饿得想赶紧吃早饭，那是在咖啡馆吃的，点的是奶油鸡蛋卷，牛奶咖啡和鸡蛋，还有他们要的那种蜜饯和煮熟到什么程度的鸡蛋都很刺激食欲。他们老是饿得想赶紧吃早饭，弄得这姑娘往往会头痛，直到咖啡端上来。咖啡可总是能驱散头痛。她喝咖啡不搁糖，小伙子想该记住这一点。

这天早晨吃奶油鸡蛋卷和红莓蜜饯，鸡蛋是煮的，他们在蛋盅中把蛋拌和，撒一些细盐，磨一点胡椒面在上面，那一小块黄油也融化了。鸡蛋又大又新鲜，姑娘的煮的时间没有小伙子的长。他很容易记住了这一点，对自己的煮鸡蛋感到满意，用小匙把它划成小方块，只有朝下淌的黄油使它滋润，在这清新的大清早他吃着这嫩蛋和辣嘴的粗磨胡椒面和热咖啡和那碗加牛奶的菊苣咖啡[④]。

渔船都出海到了远方。它们随着初起的微风，在黑暗中驶出，小伙子和姑娘醒过来，听到船声，跟着在床上的单被下蜷在一起，又睡着了。他们在外面天光已经很亮、室内还很阴暗时，在半睡半醒中做爱，然后并肩躺着，感到愉快而疲乏，然后又做了一次爱。事后觉得饿得慌，竟以为会活不到吃早饭的时候，可眼下他们正在咖啡馆里吃着，观看着大海和风帆，又是新的一天了。

“你在想什么？”姑娘问。

“没什么。”

“你总该想些什么啊。”

“我只在感受。”

“怎么样？”

“愉快。”

“我可饿透了，”她说。“你看这是正常的吗？你做了爱总会觉得这样饿吗？”

“要你爱对方才会这样。”

---

① 王家水道港位于法国南部大海港马赛之西，濒地中海的狮子湾。

② 荷兰画家樊尚·凡·高(1853—1890)在法国南部罗讷河畔的阿尔城居住了一段时期，作了好些那一带风光的油画。在《樊尚在阿尔的寝室》(1889)中，他画有一张单人木床、一张木桌和两张木椅，唯一的窗户有两扇，合在一起，未关严。

③ 巴拉伐斯镇位于王家水道港之西，隔死水湾遥遥相对。

④ 菊苣咖啡为以菊苣根烘烤磨制的代用咖啡，无咖啡因，1769 年创始于意大利的西西里岛。

“哦，这方面你懂得真多，”她说。

“不。”

“我不管。我喜欢这样，我们不必为什么事操心，对吗？”

“什么事也不必。”

“你看我们该干些什么？”

“我说不上，”他说。“你看呢？”

“我根本无所谓。要是你想去钓鱼，我可以写封信，也许写两封，然后我们可以在午饭前去游水。”

“弄得肚子饿？”

“别提了。我已经觉得饿了，可我们还没吃完早饭。”

“我们可以想想午饭吃些什么。”

“那么午饭后呢？”

“我们像乖孩子般睡个午觉。”

“这倒是个全新的主意，”她说。“为什么我们从没想到过？”

“我有这种心血来潮的本领，”他说。“我是创造型的人。”

“我可是破坏型的，”她说。“我要把你毁了。人家会在那房间外的屋墙上安上一块铜牌[①]。我要在夜里醒过来，对你干下些你从没听说过或者想象过的事儿。我昨夜就想干来着，可是太困了。”

“你太困了，就害不了人啦。”

“别麻痹自己，产生任何虚假的安全感。亲人儿啊，让时间快快过去，午饭时分就来吧。”

他们身穿条纹渔民衫和从那家卖航海用品的铺子里买来的短裤，坐在那儿，皮肤晒得非常黑，头发被阳光和海水弄得一绺深一绺淡，褪了色。人们在没听他们说已经结了婚以前，大都会当他们

---

① 她是戏说作为对他这位作家在那房间里做爱时死去的纪念。

是兄妹。有些人不相信他们是夫妻，这使姑娘高兴死了。

在那些年头[1]，只有极少数人曾在夏季到地中海边来避暑，除了从尼姆[2]来的少数人外，谁也不来王家水道港。这里没有赌场，没有游艺表演，除了在最热的那几个月中有人来这里游水外，旅馆里没有客人。当时人们还不穿渔民衫，这个跟他结了婚的姑娘是他见过的第一个穿渔民衫的姑娘。她为他们俩买来了衬衫，然后在他们旅馆房间的脸盆里洗涤，把上的浆洗掉。衬衫原来很硬，做得经久耐穿，但洗涤过后料子变软了，如今已穿旧，变得相当软，所以他这会对她看时，看见她的乳房顶起了这穿旧的料子，显得挺美。

在村子那一带地方，没人穿短裤，因此他们俩骑自行车时，姑娘不能穿。然而在村子里就没关系，因为老百姓非常友好，只有当地的神父不赞成。但姑娘在星期天穿了一条裙子和一件长袖开司米毛衣，用头巾包住了头发去做弥撒，小伙子跟男人们一起站在教堂后部。他们捐献了二十法郎，这在当时值不止一美元，因为神父亲自收取捐献，他们对教会的态度就此为人知晓，在村子里穿短裤的行为就被看作是外国人的怪癖，而不是企图冲击卡马尔格那一带各港口的道德风尚了。他们穿短裤的时候，神父不跟他们说话，但也并不指责他们，等他们在傍晚穿着长裤，三人就朝彼此鞠躬致意了。

“我要上楼去写信了，”姑娘说，站起身来，对招待笑笑就走出咖啡馆。

这小伙子名叫戴维 · 伯恩，他把招待叫到面前，付了账，招待问，“先生要去钓鱼？”

---

① 指第一次世界大战结束后的二十年代。
② 尼姆为死水城北一古城，有罗马时代遗迹及中世纪建筑。

“我想是吧。潮水怎么样？”

“这阵潮水好得很，”招待说。“我有些鱼饵，你可要吧。”

“我可以在路上弄到一些。”

“不。用我的吧。那是沙蚕，有的是呢。”

“你走得开吗？”

“我正在当班。不过也许能离开，去看你钓鱼。你带了钓具？”

“在旅馆里。”

“弯过来拿沙蚕吧。”

到了旅馆，小伙子本想上楼到房里去找那姑娘，但却到柜台后面挂房间钥匙的地方找出那多节的竹制长钓竿和放钓具的篮子，回到亮光光的路上，一直走到咖啡馆，然后出来走上阳光刺眼的防波堤。阳光热辣辣的，但刚吹起了微风，潮水刚开始下退。他想，但愿带了根抛竿和匙状假饵来，这样就可以把钓钩抛过运河中的水流，从岩石上落到另一边的水里，结果他却在长竿上安上软木和羽毛管做的浮子，让一条沙蚕在一个他自以为也许有鱼在觅食的水域缓缓地浮动着。

他钓了一会儿，运气不好，就观看外面蓝色海面上来回行驶的捕鲭船只，还有高空的云朵投在水面上的阴影。后来，他的浮子猛地下沉，钓丝紧绷着朝下斜去，他用力抵消一条鱼的拉力，把钓竿抬起，这鱼坚强有力，乱蹦猛冲，使钓丝在水中嘶嘶作响。他设法握得尽量地松，那鱼不断地企图向大海游去，长竿被拉弯，钓丝和钓钩引线都快给绷断。小伙子跟着那鱼在防波堤上朝前走，以便放松紧绷着的钓丝，但鱼还是不断地拖，因此随着它朝前冲，钓竿的四分之一被强拉入水中。

那招待从咖啡馆赶来了，情绪激动得很。他在小伙子身边说，

“拉住它。拉住它。拉得尽量地松。它一定会累乏的。别让它挣脱。对它放松点。放松。放松。”

小伙子对它不能再放松了，除非随着鱼跨下水去，但这样做行不通，因为这运河很深。但愿我只消随着它在堤上朝前走就行，他想。可是他们已经到了防波堤的尽头处。这时钓竿有一半以上浸在水里了。

“只要松松地拉住它就行，”招待恳求他。“这导线很坚固。”

鱼钻进深水，游开去，弯弯曲曲地朝前游，那长竹竿被它的重量和它飞速猛冲的劲头弄弯了。然后它拍水冒到水面上，然后又下去了，小伙子发觉尽管这鱼依然坚强有力，那可悲的狠劲却减弱了，眼下它可以给拖着绕过防波堤的尽头处，拖进运河。

“只要放松就成，”招待说。“啊，快放松。我们大家都得放松。”

又有两次，鱼奋力朝大海游去，而小伙子两次都把它拖回来，如今正轻轻地拖着它顺着防波堤朝咖啡馆走去。

“它怎么啦？”招待问。

“它没问题，不过我们已经把它制服了。”

“别说出来，”招待说。“别说出来。我们必须把它拖垮。把它拖垮。把它拖垮。”

“它把我的胳膊拖垮了，”小伙子说。

“要我来拉吗？”招待满怀希望地问。

“不，我的天。”

“别着急，别着急，别着急。放松，放松，放松，”招待说。

小伙子把鱼引得经过咖啡馆露台的前面，进入运河。它贴近了水面在游，依旧坚强有力，小伙子心想，不知他可得把这鱼顺着运河穿过全城一路拖。这时已来了不少人，大家走过旅馆时，姑娘从窗口看见了，叫道，“啊，这鱼多了不起！等等我！等等我！”

她从楼上清楚地看到了鱼，看到它有多长，在水中闪着亮，她丈夫拿着几乎弯成对折的钓竿。有一群人跟在后边。等她下到运河边，奔着赶上人群，他们都站住了。招待正站在运河边的水中，她丈夫正把鱼慢慢地引向河岸，那里长着一丛杂草。鱼这时在水面上了，招待弯下身去，两手从两边合拢，两根拇指插进它的两鳃，把鱼提起，带着它登上河岸。这鱼很沉，招待把它高举在自己胸前，鱼头顶着他的下巴，鱼尾拍打着他的两条大腿。

有几个人正在拍打小伙子的背脊，伸出胳臂搂住他，还有个从鱼市场来的妇女吻了他。跟着，姑娘搂住了他，亲他，他说，“你刚才看见它了？”

于是大家都跑过去看，鱼给摊在路边，像鲑鱼般呈银色，背上闪出钢枪枪身的深蓝色。它是条漂亮的体格优美的鱼，长着双灵活的大眼睛，正缓慢而断续地喘着气。

“这是什么鱼？”

“狼鱼，”他说。“那就是海鲈。人家还管它们叫狼鲈。这是种了不起的鱼。这是我见过的最大的。”

那招待名叫安德烈，他跑过来，伸出双臂搂住戴维，吻他，然后吻那姑娘。

“太太，我必须吻你们，”他说。“的确必须这样做。谁也没有用这种渔具钓上过这样的鱼。”

“最好把它称一下，”戴维说。

他们这时都到了咖啡馆。小伙子称了鱼后，收拾起了渔具，洗了手脸，而那鱼给放在一大块冰上，那是从尼姆用卡车运来冰捕到的鲭鱼的。鱼的重量为十五磅多一点。鱼放在冰上，还是银色的，很美，但它背部的颜色变成灰色了。只有那双眼睛看上去还有生气。捕鲭鱼的渔船这时正在回港，妇女们正从船上卸下亮闪闪的蓝、绿和银色的鲭鱼，装进篮子，把这些沉甸甸的篮子顶在头上送往鱼库。这次的捕获量非常大，镇民们又忙碌又高兴。

“我们拿这条大鱼怎么办？”姑娘问。

“人家会要去把它卖掉的，”小伙子说。“它太大了，在这儿没法煮，人家说把它切断可太不像话。说不定会一直给送到巴黎去。到头来会进某一家大餐馆。要不，有个大富翁把它买去。”

“它在水里的时候真好看，”她说。“还有安德烈把它举起的时候。我在窗上看见它和你和跟着你的那帮人的时候，简直不敢相信。”

“我们弄条小的来吃吧。这种鱼实在出色。一条小的该加上黄油和香草来烤。就像美国的条纹鲈鱼。”

“这鱼使我来劲了，”她说。“我们不是得到了呱呱叫的乐趣吗？”

他们饿得想赶紧吃午饭，而那瓶白葡萄酒是冰镇的，他们边喝边吃拌调料的芹菜、小红萝卜和大玻璃瓶里的自制腌渍蘑菇。鲈鱼给烤好了，银色鱼皮上可见烤架的条纹，黄油在热盘子上融化了。还有切成片的柠檬用来将汁挤在鲈鱼身上，面包房送来的新鲜面包，而葡萄酒使他们给油炸土豆烫的舌头冷却下来。这是上好、低度、叫人愉快的不知牌名的干白葡萄酒，这家餐馆以此引为骄傲。

“我们吃饭时可不是出色的健谈者，”姑娘说。“我让你腻味了，亲人儿？”

小伙子哈哈笑了。

“别笑我，戴维。”

“我没有。不。你并不让我腻味。即使你一声不吭，我看着你就觉得愉快。”

他给她又倒了一小杯葡萄酒，还斟满了自己的酒杯。

“我要让你大吃一惊。我没有告诉过你，是吗？”姑娘说。

“是什么性质的？”

“啊，这事挺简单，可也挺复杂。”

“告诉我。”

“不。你也许会喜欢，也许会接受不了。”

“听上去太危险了。”

“是危险的，”她说。“不过别问我了。可以的话，我要上楼到房里去了。”

小伙子付了饭钱，把瓶里剩下的酒喝了，然后才上楼去。姑娘的衣服已折叠好，放在一把凡·高画上的那种椅子①上，她正躺在床上，身上盖着单被在等他。她的头发披散在枕头上，眼睛里带着笑意，他掀起单被，她就说，“你好，亲人儿。午饭吃得好吗？”

事后他们并肩躺着，他一条胳臂搁在她的头下，觉得愉快，懒洋洋的，他感到她把头转来转去，在他脸颊上摩蹭。她的皮肤像丝绸般柔滑，几乎一点也没有被阳光和海水弄得变粗糙。跟着，她头发全部朝前披在脸上，以致头一动就擦着他，她动手轻柔地、探索性地抚弄他，然后乐滋滋地说，“你真的爱我，是不？”

他点点头，亲亲她的头顶，然后把她的头转过来，捧住了亲她的嘴唇。

“哦，”她说。“哦。”

过了好久，他们彼此紧搂着躺在一起，她说，“你就爱我现在的这副模样？你肯定。”

---

① 指他在1888年画的《放着烟斗的椅子》上的那种用麦秆编坐垫的木椅，那是巴黎画室里普遍应用的。

"对，"他说。"不能再对了。"

"因为我就要变样了。"

"不，"他说。"不。不要变。"

"我就要变，"她说。"那是为了你。也是为了我。我不想装假，说不是这样。不过这会对你起点儿作用的。我肯定是这样，不过我不应该说出来。"

"我喜欢吃惊，但是希望一切都像眼前这一刻的样子。"

"那也许我就不该做了，"她说。"唉，我不高兴。这惊人的事儿可真是又危险又妙不可言啊。我考虑了好几天，今儿早上才下了决心。"

"那是你真心想干的事吧。"

"正是，"她说。"而且我一定要干。我们直到现在所干的事，你都喜欢，可不是吗？"

"对。"

"那好。"

她从床上溜下，两条棕色的长腿直挺挺地站着，那美丽的胴体给晒成均匀的褐色，因为他们在那个偏僻的海滩上不穿泳装游水。她把双肩朝后扭去，抬起下巴，摇晃着脑袋，弄得一头黄褐色的浓发拍打着她的双颊，然后朝前弯下身子，于是头发全都朝前垂下，蒙住了她的脸。她把条纹衬衫从头上褪下，然后把头发甩回脑后，然后在梳妆台镜子前的椅子上坐下来，把头发朝后梳，用鉴定的眼光打量着。头发直垂到她肩上。她朝镜子摇晃脑袋。然后她套上宽松长裤，系好腰带，穿上她那双褪了色的蓝色绳底鞋。

"我得骑车去死水城，"她说。

"好，"他说。"我也去。"

"不。我得一个人去。这是有关那叫你吃惊的事儿的。"

她临别吻了他，走下楼去，他看她跨上自行车，在路上平稳轻松地驶去，头发在风中飞舞。

这时下午的阳光照上了窗子，室内太暖和了。小伙子洗了澡，穿上衣服，下楼到海滩去散步。他知道该去游水，可是感到疲乏，所以顺着海滩走去，然后沿着条通往内陆的小路穿过盐草地走了一程，就拐回来，沿着海滩走到埠头，上坡到咖啡馆。他在咖啡馆里找到份报纸，要了一杯兑水的上等白兰地，因为做了爱，感到空落落的，身子给淘空了。

他们结婚有三个礼拜了，带着他们的自行车、一箱进城穿的衣服、一只帆布背包和一只小挎包，从巴黎搭火车来到阿维尼翁①。他们下榻在阿维尼翁一家上等旅馆内，把衣箱留在那里，想骑自行车去加尔桥②。但当时正刮着密史脱拉风③，所以他们就顺着密史脱拉风骑车朝东南到了尼姆，在那儿耽搁在大将军旅馆，然后依然背着那大风，骑车南行至死水城，然后到王家水道港。他们就此一直待在那儿。

日子过得好极了，他们真心感到愉快，他从没体会过你能爱一个人爱得这样深，使你对任何别的事儿都毫不关心，其他的事儿好像都不存在了。他结婚时有不少问题，但在这里他一点也不去想，也不想到写作，也不想到任何别的事，只想跟这个他爱着并且与之结了婚的姑娘在一起，就此没有那种在交媾后总是会有的豁然开朗的感觉了。这个已经消失了。如今他们做了爱，就吃喝点东西，然后再做爱。这是个非常单纯的世界，他在任何别的世界中从没真正感到愉快过。他想，她的情况一定也是如此，她的行动也确实表明

① 阿维尼翁为法国南部一古城，旧城筑在山崖上，有壁垒围绕。
② 加尔桥位于尼姆东北十四英里处，为古罗马高架渡槽的残部。
③ 法国南部沿地中海诸省刮的干寒强劲的北风。

是这样，可是今天却提起了什么要变和什么叫他吃惊的事儿。不过，也许会变得叫人愉快，而那叫他吃惊的事儿也会是桩好事。他一边喝着兑水白兰地，一边看当地报纸，盼望着将发生的事，不管是什么也罢。

自从他们开始这次新婚旅行以来，他还是第一次单独喝一杯白兰地或者威士忌。不过他现在并不在写作，而他关于喝酒的唯一准则是决不在写作前或写作时喝。再写作会是桩好事，他明知道这很快就能实现，所以必须记住要用无私的态度来对待它，尽可能明白地说明要强迫她一个人待着是叫人遗憾的，他并不为此感到得意。他肯定相信她会好好对待这事，而且她也有自己的消遣办法，但他不愿想到这工作，写作，要在他们处于眼前的状况中开始。当然啦，没有开朗的心情，写作是绝对开始不了的，他想不知道她可明白这一点，再说，不知道是不是因为这样，她才要超出他们现有的范围，去追求某种什么都阻挡不了的新花样。能是什么新花样呢？他们如今亲热时搂得不能再紧了，也没有什么不良后果。只有幸福愉快和相亲相爱，然后是觉得饿，填饱了肚子重新再干。

他意识到已经喝光了兑水白兰地，下午的时光接近黄昏了。他又叫了一杯，开始专心看报。可是这报纸并不像想象的那样使他感兴趣，他正眺望那夕阳普照下的大海时，听见她走进咖啡馆，用她那沙哑的喉音说，“你好，亲人儿。”

她赶忙走到桌子边，坐下来，昂起下巴，用带着笑意的眼睛和长着些小雀斑的金色脸庞对着他。她的头发给铰短了，像男孩的一样短。它不折不扣地给剪了。头顶上的头发朝后梳着，还像往常那样密，但两边却剪短了，紧贴她脑瓜的两只耳朵露了出来，黄褐色的头发在发线处给铰短了，紧贴着脑瓜，很光滑，朝后掠。她掉过头来，挺起两只乳房，说，“请吻我。”

他吻了她，看看她的脸和她的头发，又吻了她一下。

“你喜欢吗？摸摸看有多光滑。摸摸后边儿，”她说。

他摸摸后边。

“摸摸我的脸颊，摸摸我耳朵的前面。把你的手指从两边向上摸。”

“你瞧，”她又说。“这就是那叫你惊喜的事儿。我是个姑娘。可现在我也是个男孩，我可以什么都干什么都干什么都干。”

“坐到我身边来，”他说。“你要些什么，弟弟。”

“哦，谢谢，”她说。“我就要你现在喝的吧。你明白为什么是危险的了，是不？”

“是。我明白了。”

“不过我这样干了，不是挺好吗？”

“也许吧。”

“不是也许吧。不。我考虑过了。我什么都考虑过了。为什么我们不得不按照所有其他人的准则行事？我们就是我们嘛。”

“我们一直过得很快活，我可并不觉得有什么准则。”

“请你伸手再摸一下可好。”

他这样做了，还吻了她。

“啊，你真可爱，”她说。“而且你真的喜欢这头发。我感觉得到，我说得准。你不必一定要爱它。起先只要喜欢就行了。”

“我喜欢，”他说。“再说，你有个形状非常美的脑袋，配上你可爱的脸骨，真是美啊。”

“难道你不喜欢两边的样子？”她问。“不是假的，也不是伪装的。这是地道的男孩发式，可不是什么美容院搞的。”

“谁理的？”

“死水城的发型师。就是一星期前给你理发的那个。你当时跟他说你要把头发理成什么样子，我就要他把我的剪得跟你的完全一样。他真好，一点也不吃惊。他根本不担心。他说跟你的完全一样？我就说完全一样。难道这对你没什么影响，戴维？”

“有啊，”他说。

“蠢汉才会觉得怪。我们可一定要感到自豪。我喜欢感到自豪。”

“我也一样，”他说。“我们就来开始感到自豪吧。”

他们就坐在咖啡馆里，观看落日在水面上的反光，观看暮色降临这镇子，喝着兑水白兰地。走过咖啡馆的老百姓看到这姑娘，态度并不冒失，因为镇上只有他们这两个外国人，至今已待了快三个星期，而且她是个大美人儿，他们都喜欢她。再说，今天还钓到了大鱼，人们通常会对此大谈特谈，可是这另外的新花样在镇上也是桩大事。没有一个正派的姑娘在这一带地方把头发剪得这样短过，即使在巴黎也是罕见的怪事，这可能显得很美，也可能是糟糕透顶的。这可能意味着做得太过分了，要不，可能只意味着把一个脑袋的美丽形态显示出来，而用别的办法是绝对不可能这样出色的。

他们晚饭吃了牛排，煮得半熟，配上土豆泥和菜豆，加上一客色拉，姑娘问能不能喝塔韦尔酒[①]。“这是给在恋爱中的人喝的好酒，”她说。

她始终看上去，他想，和她的年龄，现下是二十一岁，完全相称。为了这一点，他为她感到非常得意。可是今夜她看上去并不如此。她颧骨的线条清楚地显示出来，这是他从未见过的，她还带着微笑，她的脸蛋叫人心碎。

---

① 塔韦尔酒为一种干红葡萄酒，原产阿维尼翁西北的塔韦尔小镇，故名。

房间里很暗，只有从外面透进的一点亮光。这时微风使室内很凉快，身上的单被掉到了床下。

“戴夫[1]，如果我们不顾死活了，你并不在意，对吗？”

“对，姑娘，”他说。

“别叫我姑娘。”

“我搂住你的地方，你明明是个姑娘，”他说。他紧紧搂住她的两只乳房，手指一张一合地抚弄着，感到手指间挺突起的又硬又嫩的东西。

“这些不过是我天赋的资产，”她说。“那新花样才是我给你的惊喜。摸摸看。不，随它们去吧。它们是跑不了的。摸摸我的脸颊和脖颈吧。摸上去多妙多好啊，又清爽又新鲜。请爱我现在的样子吧，戴维。请理解我，爱我吧。”

他闭上了眼睛，感觉到她颀长的身子轻轻地压在自己身上，两只乳房顶着他，嘴唇贴在他的嘴唇上。他躺在那儿，有所感受，跟着她一只手握住了他，朝下摸索，他用双手帮助她，然后仰躺在黑暗中，什么都不想，仅仅感到她的分量和心里的异样感觉，这时她说，“现在你说不清谁是谁了，是吗？”

“是。”

“你在变了，”她说。“啊，你在变。你在变。对，你在变，你是我的姑娘凯瑟琳了。你愿意变，做我的姑娘，让我来干吗？”

“你是凯瑟琳嘛。”

“不。我是彼得。你才是我妙不可言的凯瑟琳。你是我美丽可爱的凯瑟琳。你真好，肯变。啊，多谢多谢，凯瑟琳。请理解，请明白、理解。我要永远主动地跟你做爱。”

---

① 戴维的爱称。

临了，两人都好像死去了，感到空落落的，但是还是没有个完。他们并肩躺在黑暗中，腿儿挨着腿儿，她的头枕在他一条胳臂上。月亮升起了，室内稍微亮堂了一点儿。她伸手顺着他的肚皮朝下摸索，眼睛并不在看，说，“你不会以为我坏吧？”

“当然不。不过你想出这念头有多久了？”

“并不是始终在想。不过也想了好久了。你真好，肯让我这样做。”

小伙子用双臂搂住姑娘，使她紧紧贴住自己，感觉到她可爱的双乳顶在自己胸膛上，吻她那可亲的嘴。他使劲紧紧搂住她，内心深处说了声再会吧，然后又说再会吧，再会吧。

“我们来一动不动地静静躺着，彼此搂着，什么也不去想吧，”他说，心里说再会吧凯瑟琳再会吧我可爱的姑娘再会吧，祝你走运，再会吧。

第二章

他站起身，朝海滩两头扫了一眼，塞上防晒油瓶的瓶塞，把它放进帆布背包一边的袋子，然后走到海水边，觉得脚下的沙子越来越凉了。他望望仰躺在倾斜的海滩上的姑娘，只见她眼睛闭着，两臂贴在身子的两侧，身后有个斜顶的帆布方帐篷和海滩边新生的一簇簇草。阳光笔直地射在她身上，她不该保持这个姿势，躺得太久，他想。随后他朝外走去，合扑地跳进清澈寒冷的海水，翻过身来，朝大海仰泳而去，目光越过不停地拍击着的两腿和双脚，注视着海滩。他在水中转过身来，朝水底下潜，摸到粗糙的沙底，感到上面有一道道粗棱，然后冒出水面，平稳地游回来，发现游自由式时他能使手拍击得多慢。他走到姑娘身边，看见她睡着了。他从帆布背包中掏出手表，看看该在什么时候叫醒她。有一瓶包在报纸里的冰镇白葡萄酒，外面裹着他们的毛巾。他没有解掉报纸或毛巾，就拔掉瓶塞，举起这包累赘的东西，喝了一口清凉的酒。然后他坐下来，观看姑娘并眺望大海。

这片海水总是比看上去更冷，他想。除了在浅滩上，要等到仲夏时分才会真正变暖。这片海滩相当陡地朝海中斜去，海水冷得厉害，要游了水才能使身子暖和。他眺望着大海和高空的云彩，留意到渔船队正朝西方驶得有多远。随后他看着在沙滩上熟睡的姑娘，这沙滩这会已相当干燥，他的脚一动，沙子就随着越来越大的风轻巧地飞扬起来。

夜间，他感到她的双手在摸他。等他醒过来，只见正处在一片月光下，而她已使出了神秘的魔法，又变成了男孩，跟他说话并问了些问题，他没有说不，他感觉到这变化，因此难受透了，等到两人都精疲力竭了，事情干完了，她身子发抖，对他小声说，“现在我们干成了。现在我们真的干成了。”

是啊，他想。现在我们真的干成了。她一下子睡着了，就像个累乏了的小姑娘，躺在他身边，月光映照出她这轮廓美观而新奇的脑袋，显得很可爱，这时她侧身睡着，他探过身去，对她说，声音并不太大，“我支持你。不管你头脑里还有什么别的花样，我都支持你，并且我爱你。”

早上，他饿得慌，想赶紧吃早饭，但还是等待她醒过来。他终于吻了她，她醒过来，微微一笑，睡意蒙眬地起了床，在大脸盆里洗了脸，在大衣橱的镜子前懒洋洋地坐下来梳头，不带一点笑意，望着镜子，然后微笑起来，用指尖摸摸腮帮，从头上套下一件条纹衬衫，然后吻他。她站得笔直，乳房贴在他胸膛上，说，“别担心，戴维。你那个好姑娘又回来啦。”

可是他这时正非常担心，他就想，如果情况变得这样狂放、这样危险，发展得这样快，我们将会怎么样？在这样来势凶猛的烈火中，还有什么会不给烧掉的呢？我们很快活，我相信她是快活的。可是谁说得准呢？而且你有什么资格来评判，是谁参与了，是谁接受了她这次变化，并且亲身体验了？如果她正喜欢这样，你有什么资格不希望她做到呢？你算是好福气，有一个像她那样的妻子，而你要事后觉得不快才能算是罪过，可你并没有觉得不快。喝了葡萄酒，你是不会觉得不快的，他对自己说，不过，如果葡萄酒不再能掩护你了，你将喝什么呢？

他从帆布背包中取出那瓶防晒油，抹了一些在姑娘的下巴、腮帮和鼻子上，还在帆布背包的袋子里找出一块褪了色的蓝花手绢，把它摊在她胸口。

“我一定要停下来吗？”姑娘问。“我正在做一个美妙无比的梦。”

“把梦做完吧，”他说。

“谢谢你。”

隔了不多几分钟，她深深地吸了口气，把头一摇，就坐起身来。

“我们下水吧，”她说。

他们一起下了水，朝外游去，然后在水面下像海豚般戏耍着。他们游回来了，用毛巾擦干彼此的身子，他递给她那瓶卷在报纸里、依旧很凉的葡萄酒，于是他们每人喝了一口，她瞧着他，哈哈笑了。

“为了解渴而喝酒是挺好的，”她说。“你真的不在意我们做兄弟，是吗？”

“是。”他把油抹在她前额和鼻子上，然后抹她的两颊和下巴，然后小心地抹在她两耳上方和后面。

“我要把我耳朵后面和脖子都晒黑，还有我的颧骨上。所有还没晒黑的地方。”

“你已经怪黑了，弟弟，”他说。“你不知有多黑。”

“我喜欢这样，”姑娘说。“可我要再黑一点。”

他们躺在沙滩上，躺在这如今已经干燥但在落潮后仍然很凉的结实的沙地上。小伙子抹了点油在掌心上，用指头把它薄薄地涂在姑娘的大腿上，随着皮肤吸进了油，大腿变得暖烘烘的，发着亮。他继续把油涂在她的肚子和乳房上，姑娘带着睡意说，“我们现在这样，看上去就不大像兄弟俩了，对吗？”

“对。”

“我是在努力做一个非常之好的姑娘啊，”她说。“真的，你在夜色降临前用不着担心，亲人儿。我们不会让夜间干的事儿在白天发生。”

邮差正在旅馆喝酒，等待姑娘签收一只沉甸甸的大信封，里面是几封她在巴黎存款的银行转来的信。还有三封由他存款的银行改写过通讯处的信。自从他们把这旅馆当作转信的通讯处以来，这还是第一批信件。小伙子给了邮差五法郎，请他到镀锌白铁吧台前一起再喝一杯。姑娘从挂钥匙的板上取下钥匙，说，“我要上楼到房里去梳洗一下，然后到咖啡馆去找你。”

他喝干了酒，对邮差说了再见，就沿着运河走到咖啡馆。从遥远的海滩光着头在阳光下走回来后，在阴处坐坐真是惬意，而咖啡馆里是舒适凉快的。他叫了一杯兑苏打水的味美思酒①，掏出怀刀，裁开信封。三封信全是他的出版商寄来的，其中两封饱鼓鼓地塞满了剪报和出书广告的校样。他扫了一眼剪报，然后看那封长信。内容使人愉快，是用谨慎的乐观语气写的。要预言那本书销路怎么样可为时尚早，但种种迹象看来都是好的。大多数书评都很出色。当然也有一些不是这样。不过这也是意料中事。书评中有些句子下面划了线，这些说不定要用在将来的广告中。他那出版商巴望能就这本书的销路多说一些，但关于这方面他是从来不愿预言的。那样做不好。关键的问题是该书的受欢迎程度不可能再高了。读者的反应实在是惊人。他可要看看那些剪报。初版印了五千册，靠了那些书评的鼓舞，第二次印刷已经安排下去了。即将刊出的广告上将有这样一句话：“正在第二次印刷中。”他那出版商希望他觉得愉快，这是他应得的报答，并且好好休息，这也是他完全应得的报

① 味美思酒为一种以苦艾等多种芳香药草配制成的开胃酒。

答。他向他夫人衷心致意。

小伙子向招待借了支铅笔，着手计算二元五毛乘一千等于多少。这很容易。这笔数目的百分之十等于两百五十元。用五乘这数目是一千两百五十元。减去预支的七百五十元。剩下五百元，这是第一次印刷的收入。

现在要第二次印刷了。算它两千册吧。这是说可拿五千元的百分之十二点五。合同上是这样规定的吧。这一来就是六百二十五元。不过也许在未达到一万册以前不会提高到百分之十二点五。得，那还是有五百元嘛。这样还是有一千元可到手。

他开始看那些书评，发现已不知不觉地喝光了那杯味美思酒。他又叫了一杯，把铅笔还给招待。等到姑娘带着那只装着几封信的沉甸甸的大信封走进来，他还在看书评。

“我不知道这些已寄来了，”她说。“让我看看。请让我看看。”

招待给她端来一杯味美思酒，放在桌上，在姑娘摊开一页剪报时看到了铜图。

“这是先生吗？”他用法语问。

“正是，”姑娘说，把它拿起来给他看。

“不过打扮得不一样，”招待说。“他们写到结婚的事儿吗？可以看看太太的照片吗？”

“没有提到结婚。是对先生写的一本书的评论。”

“那太好了，”招待说，他深深地给打动了。“太太也是作家吗？”

“不，”姑娘说，看着剪报，没有抬头。“太太是个家庭主妇。”

招待得意地笑了。“太太没准儿是拍电影的吧。”

他们俩看起剪报来，后来姑娘放下了她看的那张说，“他们哪，和他们所写的一切，把我吓死了。我们怎么可能是我们这样的人，拥有我们拥有的一切，干我们在干的事，而你却像这些剪报上所写的那样？”

“我挨到过这样的批评，”小伙子说。“这对你不好，不过就会过去的。”

“这些东西太可怕了，”她说。“如果你看了想不开，或者相信了，那就可能毁了你。你不以为我是因为你正是他们在这些剪报中所描写的那种人才嫁给你的，对吗？”

“对。我要看这些剪报，然后我们来把它们封在信封里。”

“我知道你是非看不可的。我不愿让它们弄得我不知所措。不过即使放在信封里，我们有了这玩意也挺糟糕。就像带着只放着别人的骨灰的坛子似的。”

“好多女人在她们该死的丈夫收到赞美的书评时会感到高兴。”

“我不是好多女人，你也不是我该死的丈夫。我知道自己是个凶暴的姑娘，你也很凶暴。求求你，我们别干架啦。你看剪报吧，如果有什么赞美的话，请告诉我，如果他们关于那本书说了些我们没听到过的明智的话，请你也告诉我。”

“那本书已经赚到一些钱了，”他对她说。

“这好极了。我高兴死了。不过我们是明知道它是本好书的。即使那些书评把它说得一无是处，并且根本没让你挣到一个子儿，我还是会感到同样骄傲和同样高兴的。”

我可不会，小伙子想。但他没有说出口来。他继续看书评，把它们摊开，重新折好，放回信封里。姑娘坐着拆信，兴味索然地看信。随后她从咖啡馆朝外眺望大海。她的脸呈深金褐色，她的头发从前额一直朝后梳，就像她出水时海水把头发朝后拖的模样，而在剪得短短的地方和她的腮帮上，太阳把头发晒淡，在褐色皮肤的衬托下呈白金色。她眺望着大海，眼神非常忧郁。随后她又拆起信来。有一封用打字机打的长信，她看得很专心。然后她拆开其他信封，一封封看着。小伙子望着她，心想她看上去有点儿像在剥豆子。

“信上都说些什么？”小伙子问。

“有几封附有支票。”

“数目大吗？”

“有两张。”

“那敢情好，”他说。

“别这么犯傻啦。你一向说这根本无所谓。”

“我说过什么了吗？”

“没有。你刚才不过是犯傻来着。”

“对不起，”他说。“那两张数目有多大？”

“实在不好算大。不过对我们是好事。它们已经存进去了。这是因为我结婚了。[①]我跟你说过，我们结婚是天大的好事。我知道，这笔款子算不上什么，不过这是可供支付的。我们可以花掉它，这对任何人都没坏处，它就是供花费的。它跟固定收入一点也没关系，至于如果我活到二十五岁，或者终究能活到三十岁可以拿到多少，也没关系。这是我们的，随我们喜欢怎么办都可以。我们俩都可以有一阵子不用担心收支平衡了。就这么简单。”

“那本书已经把预支的数目付清，还赚了大约一千块钱，”他说。

“它还只刚刚出版，这不是挺好吗？”

“是不错。我们再来一杯这个好吗？”他问。

---

① 西方习惯，有的遗嘱上规定继承人得在成年时或结了婚才能动用遗产。

“我们喝些别的吧。”

“你喝了多少味美思酒？”

“只喝了这一杯。我得说这酒很乏味。”

“我喝了两杯，连味道也没辨出来呢。”

“有什么货真价实的吗？”她说。

“你可曾喝过兑苏打水的阿马涅克酒[1]？那才是够货真价实的。”

“好。我们试试看吧。”

招待端来一瓶阿马涅克酒。小伙子吩咐他拿瓶冰镇的毕雷矿泉水[2]来，不要苏打水瓶。招待在两只大玻璃酒杯里倒了不少阿马涅克酒，小伙子放上冰块，倒进矿泉水。

“这下子能把我们摆平了，”他说。“不过午饭前就喝这个真够呛。”

姑娘慢慢地一口口呷着。“好，”她说。“喝上去又清又纯，有益健康，可是很冲。”她又慢慢地一口口呷着。“我确实感觉到了。你呢？”

“是啊，”他说，深深地吸了口气。“我感觉得到。”

她又从酒杯里喝了一口，笑了，眼角上出现笑纹。冰镇的矿泉水给这烈性白兰地添了劲儿。

“供英雄们喝的，”他说。

“我不在乎做英雄，”她说。“我们跟别人不一样。我们不用称呼彼此亲人儿或者我亲爱的或者我的爱人这一套来说服对方。我觉得亲人儿和我最亲爱的和我最最亲爱的这一套都挺下流，我们就用

① 阿马涅克酒为法国西南部阿马涅克地区生产的一种干白兰地，饮用时一般掺入苏打水。

② 毕雷矿泉水是法国的名牌。

教名来称呼彼此吧。你知道我想说的是什么。干吗我们一定要跟人人一样干其他那些事儿？”

“你真是个绝顶聪明的姑娘。”

“得了，戴维，”她说。“干吗我们一定要正经八百的？现下已经不会有趣儿了，干吗我们不继续朝前走，去旅游一番呢？你想干什么，我们就来干。如果你是个欧洲人，请了一名律师，那我的钱反正还不就是你的。是你的嘛。”

“让它见鬼去吧。”

“好啊。让它见鬼去吧。不过我们还是要花掉它，我可认为这样真棒。你可以将来再写作。这样，我们至少可以在我生孩子前先玩乐一番。我哪能知道什么时候生孩子呢？现在来谈这个可越来越乏味而无聊啦。难道我们不能就着手干而不去谈它吗？”

“如果我想写作怎么办？你一旦不打算干某桩事，说不定就会使你想干的。”

“那就写呗，笨蛋。你没有说过你不想写作。谁也没说过什么担心你写不写作的话啊。是吗？”

然而在什么地方的确说过什么话，他如今可记不起来了，因为他一直在想着未来的事。

“你想写的话就写吧，我会自己找乐子的。你写的时候，我不用离开你，对吗？”

“可是眼下人们开始拥到这儿来了，你倒是要我们上哪儿去呀？”

“凡是你想去的地方都行。你愿意这样做吗，戴维？”

“去多久？”

“我们喜欢多久就多久。六个月。九个月。一年。”

“好吧，”他说。

“真的？”

“当然。”

“你太好了。如果我不为别的方面爱你，也会因为你有决断而爱你。”

“如果你没看到过那么许多决断结果竟会怎么样，要下决断是容易的。”

他喝下那杯英雄酒，可是味儿不怎么好了，他就再要了一瓶冰镇矿泉水，调了一小杯酒，这次没搁冰块。

“请给我调一杯。一小杯，跟你的一样。然后让酒性发作，去吃中饭。”

第三章

当天夜间，他们躺在床上还没入睡，她在黑暗中说，“我们也不用老是干那鬼把戏。请你明白。”

“我明白。”

“我喜欢我们像从前那样，我始终是你的姑娘啊。永远不要觉得孤单。这你是知道的。我正合乎你的要求，不过我也合乎我自己的要求，这可并不是说不是为了我们双方的好。你不用开口。我不过在讲个故事哄你入睡，因为你是我可爱的好丈夫，也是我的哥哥。我爱你，等我们到了非洲，我也要做你的非洲姑娘。”

“我们要去非洲？”

“难道不是吗？你不记得了？今儿个谈的就是这个啊。所以我们可以上那儿去，或者任何别的地方。难道这不是我们要去的地方？”

“当时你为什么不明说？”

“我不想干预。我说过随你喜欢到哪里。我什么地方都愿去。不过我当时以为你要去的正是那个地方。”

“眼下上非洲为时尚早。这是大雨的季节，雨后草长得太高。天气冷极了。”

“我们可以上床，盖得暖暖的，听雨点打在白铁屋顶上。”

“不，时令还太早。道路变得一片泥泞，你没法走动，满世界像片沼泽地，草长得太高，看不清方向。”

“那我们该上哪儿？”

"可以去西班牙，不过塞维利亚的节期[1]已经过了，马德里的圣伊西德罗[2]也一样，再说上那儿去也太早。上巴斯克[3]海岸去也太早。还是又冷又多雨水。现下那儿处处都在下雨。"

"难道那边没有一个天气热的地点，可以让我们用我们在这儿的方式[4]游水吗？"

"你在西班牙不能用我们在这儿的方式游水。你要给逮去的。"

"多没劲啊。那就等等再上那儿去，因为我要我们俩晒得更黑些。"

"为什么你要晒得特黑？"

"我说不上。为什么一个人会有什么要求呢？眼前这是我最最想做到的事儿。我是说，我们还没做到。难道我晒得特黑不叫你兴奋吗？"

"嗯嗯。我喜欢。"

"你可曾想过我有朝一日能晒得这样黑？"

"没有，因为你是白皮肤。"

"我能，因为我的肤色像狮子的，这种皮肤能给晒黑。可是我要我身上的每处地方都黑，现在正在变成这个样子，而你会变得比印度人更加黑，这一来使我们跟别人更加不同了。你明白为什么这是至关重要了吧。"

"我们会变成什么？"

---

① 指西班牙西南部古城塞维利亚从 1847 年开始的一年一度的"四月节"，紧接着复活节举行。

② 圣伊西德罗大教堂建于 1651 年，为马德里一著名古迹，每年五月中旬举行其守护圣徒的节庆活动。

③ 西班牙北部沿比斯开湾的东段为巴斯克族聚居之地。

④ 意谓在隐蔽的海滩不穿泳装裸泳。

“我说不上。也许就变成我们自己吧。只是变了样。这也许是天大的好事。我们还要朝前走，是不？”

“当然。我们可以从埃斯特雷尔[①]翻过去，勘察一番，就像我们找到这个地方一样，另找一个地方。”

“我们可以这样做。多的是荒僻的地方，夏天没人去。我们可以搞一辆汽车，这就到处可去了。等我们想去时西班牙也行。我们一旦晒黑了，要保持下去就不难，除非我们不得不待在城里。我们在夏天可不愿待在城里啊。”

“你打算晒得怎样黑？”

“能晒得多黑就多黑。我们得等着瞧。但愿我有些印度血统。我打算黑得叫你受不了。要明天才能去海滩，我真等不及啦。”

她就这样睡着了，头朝后倒，下巴朝上翘，好像在海滩上晒太阳似的，轻柔地呼吸着，然后侧身朝他蜷起身子，小伙子却没有入睡，思量白天的情景。我完全可能是没法采取主动的，他想，而且也许该压根儿什么都不去想，只顾享受我们现有的才是良策。等到我该写作的时候，我会写的。这是什么也阻挡不了的。上一本书很好，我现在一定要写一本更好的。我们干的这胡闹事儿是桩乐事，尽管我并不知道其中多少是胡闹，多少是正经的。真该死，中午喝白兰地可不好，那些普普通通的开胃酒已经算不上什么了。这可不是个好兆头。她随随便便而高高兴兴地从姑娘变成男孩，再变回成姑娘。她轻松地入睡，睡得美美的，你呢，也能入睡，因为你真正体会到的一切就是你感到惬意。你卖掉的作品都不是为了要那笔钱，他想。她关于那笔钱所说的话都是正确的。确实全是正确的。

---

① 埃斯特雷尔为一片多林木的山区，位于法国地中海海岸的东部，旅游胜地戛纳和弗瑞杰斯之间。

样样东西一时都不必花钱了。

她关于破坏说过什么来着？这他可想不起来了。她说过，可是他想不起来了。

跟着，他不耐烦再去想它，就看着姑娘，非常轻巧地吻她的腮帮，她没有醒过来。他非常爱她，爱她的一切，他入睡时想着她的腮帮挨在他嘴唇上，下一天他们俩会如何被太阳晒得更黑，并且她能变得有多黑，他想，她到底真能变得多黑呢？

第二部

第四章

傍晚时分，一辆车身很低的小汽车翻过山丘和地坪，从黑色的道路上驶来，右边始终是那深蓝色的海洋，汽车开上一条行人车辆稀少的林荫大道，它沿着昂代[①]一条两英里长的平展展的黄色沙滩。前面远方，傍海的那一边有一家大旅馆和一爿赌场的高大建筑，左边有些新近栽下的树木和一座座有白粉墙和褐色栋木的巴斯克式别墅，坐落在各自的树丛和花圃中。车中的两个年轻人慢慢驾车在林荫大道上朝南行驶，眺望着那出色非凡的海滩和西班牙的山冈，随着汽车驶过那赌场和大旅馆，一路向林荫大道的尽头处驶去，只见这些山冈在这天光中呈一片蓝色。前面是那条河流进海洋的河口。潮水退了，越过明亮的沙滩，他们看见那西班牙古城[②]和海湾对面的青山，还有在那遥远的地角上的灯塔。他们停下车。

“真是个可爱的地方，”姑娘说。

“那边有家咖啡馆，树下有些桌子，”小伙子说。“是些老树。”

“这些树很怪，”姑娘说。“明明全是新栽下的。弄不懂他们为什么栽含羞草属的树木。”

“跟我们来的地方比美呗。”

“我看是这样。全都看上去新得可以。不过这海滩真是了不起。我在法国从没见过这样大的海滩，沙滩也没有这样平坦而美好。比亚里茨[③]叫人厌恶死了。我们开到咖啡馆前去吧。”

他们顺着道路的右侧往回开。小伙子把车停在道石边，熄了火。他们跨过路面走到露天咖啡馆，感到很愉快，因为可以两人单独在一起吃东西，并且意识到在别的桌子旁吃东西的人都是他们不认识的。

当夜起了风，他们在那家大旅馆高层一个转角上的房间里倾听浪涛沉重地拍击着海滩。在黑暗中，小伙子拉了一条薄毯子盖在单被上，姑娘说，“我们决定留下过夜，你难道不高兴？”

“我喜欢听这浪涛拍打的声音。”

“我也一样。”

他们躺着，紧挨在一起，听着海浪声。她的头搁在他胸膛上，跟着她把头移到顶住他的下巴，然后身子在床上朝上挪，腮帮靠在他的腮帮上，贴住了不放。她吻他，他感到她的一只手在抚摸他。

“这样好，”她在黑暗中说。“这样真美。你真的不要我变吗？”

“眼下不要。眼下我身上冷。请抱住我，让我暖和起来。”

“你贴住了我的身子觉得冷，我就爱你这样。”

“这儿夜里竟会这么冷，我们只得穿上睡衣的上衣了。这样，在床上吃早饭会是很好玩儿的。”

“那是大西洋，”她说。“听它的声音。”

“我们在这儿会过得挺欢，”他对她说。“你喜欢的话，我们可以逗留一阵子。你要走的话，我们就走。多的是可以去的地方。”

“我们可以待几天再说。”

---

① 昂代为法国西南端的边境城市，为濒大西洋的比斯开湾的旅游胜地。
② 指西班牙东北端的边境城市富恩特拉比亚，它和法国的昂代隔着国境线相对。
③ 比亚里茨为比斯开湾边另一旅游胜地，位于昂代东北。

“好。如果留下来的话，我想动笔写作。”

“这可太好了。我们明天去到处走走。如果我出去了，你可以在这屋里工作，是不？等我们找到了什么房子再说？”

“当然。”

“你知道，你绝对不该为我担心，因为我爱你，我们是两个人对付所有别的人。请吻我，”她说。

他吻她。

“你知道，我没有对我们干过任何不好的事。我当初不得不干。这你明白。”

他什么也不说，只顾听着浪涛在夜色里沉重地拍击在结实的湿沙滩上的声响。

第二天早晨，拍岸浪依旧很大，雨一阵阵地袭来。他们看不见西班牙海岸，在两阵狂风暴雨之间，天空放晴，他们可以隔着海湾中的怒涛看见厚实的云块一直朝下遮住了山脚。凯瑟琳早饭后就披着雨衣出去了，撇下他在屋里工作。写得简单轻松极了，以致他想这兴许是一无是处的。要多加小心，他对自己说，你写得简单当然很好，而且越简单越好。但是别就此以为真简单得要命。要明白事情有多复杂，然后简单地表达出来。难道只因为你能把在王家水道港度过的日子简单地写出一点儿来，你就以为这段时期就全那么简单吗？

他继续用铅笔在那本叫做cahier[①]的学生用的印有横线的廉价笔记本上写着，封面上已用罗马数目字标上了个一字。他终于停下笔来，把笔记本连同一硬纸盒铅笔和圆锥形卷笔刀放进一只衣箱，

① 法语，意为“练习簿”。

留下五支写钝了的铅笔，准备削尖了第二天使用，然后从衣柜挂衣架上取下雨衣，下楼走进旅馆休息室。他朝旅馆的酒吧间里望望，那儿在雨天光线暗淡但却叫人愉快，一看里面已经有些顾客了，就把房间钥匙交在账台上。账台管理人的助手挂好钥匙，把手伸进信格说，“太太留了这张条子给先生。”

他打开便条，上面写着：戴维，不想打扰你正在咖啡馆爱你的凯瑟琳。他穿上那件旧的军用雨衣，从口袋里掏出一顶贝雷帽，就走出旅馆，走进雨中。

她正坐在那家小咖啡馆一角的一张桌子旁，面前有一杯浑浊的淡黄色的酒和一盘菜，盘中有一只深红色的淡水小龙虾和几只虾壳。她的进度远远超过了他。“你刚才去了哪儿，陌生人？”

“就在路上跑过去了一程。”他留意到她的脸经了雨，就一心想着雨水对晒得极黑极黑的皮肤能起什么作用。尽管如此，她还是模样十分优美，看到她这副模样，他感到高兴。

“你动手了吗？”姑娘问。

“相当好。”

“这么说你写作了。这敢情好。”

招待刚才在侍候坐在门边一张桌子旁的三个西班牙人。这时他拿着一只玻璃杯和一瓶普通的佩诺酒①和一只窄口小水壶走过来。水里有些冰块。“Pour Monsieur aussi？②”他问。

“好，”小伙子说。“请倒吧。”

招待在他们的高玻璃杯里倒了半杯泛黄色的酒，动手慢慢地把水倒进姑娘的杯子。但小伙子说“我来吧”，招待就把酒瓶拿走

① 佩诺(Pernod)为商标名，是一种法国产的黄绿色苦艾酒，因苦艾有毒，有时用茴香代替，略带苦艾味。

② 法语，意为“先生也照样来一杯？”

了。他把它拿走，显得松了一口气[①]，小伙子就把一道极细极细的水倒进去，姑娘注视着这苦艾酒变成浑浊的乳白色。她用手指握住酒杯，觉得暖烘烘的，随着这酒原来的黄色全部消失，看上去像牛奶了，就突然变冷，于是小伙子把水一滴滴地滴进去。

“为什么必须滴得这么慢？”姑娘问。

“要是水倒得太快，酒会分解，就此完蛋，”他解释说。“这就变得淡而无味，一无是处了。应该在顶上放一只搁冰块的玻璃杯[②]，杯底只有个小洞，让水滴下去。不过这一来人人都会知道是什么玩意儿了。”

“我刚才不得不快快喝光，因为进来了两名 G. N.，”姑娘说。

“G.N.？”

“那种你叫什么来着的国民警察。穿着卡其制服，骑着自行车，佩着黑皮套的手枪。我只得把物证一口吞下。”

“吞下？”

“对不起。我一吞下了它，就口齿不清[③]了。”

“你对苦艾酒该多加小心。”

“它只使我对一切都感到舒畅。”

“别的东西就做不到？”

他给她调好了苦艾酒，调得恰到好处，并不太淡。“喝吧，”他对她说。“别等我。”她慢慢地一口口呷着，然后他从她手里拿过酒杯，喝了一口说，“谢谢您，太太。这东西使男人来劲。”

---

① 苦艾酒浓度可达七八十度，当时有些西方国家曾先后禁止出售，所以那招待不希望他们多喝。

② 这种杯子名为滴杯，专供稀释苦艾酒之用。

③ 她前一句中的“吞下”原文为“engulp”，实在应为“engulf”，所以小伙子不解，她只得说明因一口喝下了才口齿不清。

“那就给自己调一杯，你这看剪报的，”她说。

“你说什么来着？”小伙子对她说。

“我没有说出口啊。”

可是她说了，他就对她说，“你干吗不就闭口不提那些剪报。”

“干吗？”她说，冲他弯过身去，而且说得极响。“我干吗该闭嘴？就因为你今儿早上写作来着？难道你以为我嫁你是因为你是个作家？去你的跟你的剪报。”

“行了，”小伙子说。“现在只有我们俩，你可以把话都讲出来吗？”

“什么时候也别以为我不愿，”她说。

“我猜也是这样，”他说。

“别猜，”她说。“你可以确信。”

戴维·伯恩站起身来，走到挂衣架前，提起他的雨衣，头也不回地走出门去。

凯瑟琳在桌旁举起酒杯，小心翼翼地尝了一口苦艾酒，接着一小口一小口地品着。

门开了，戴维回进来，一直走到桌前。他穿着军用雨衣，贝雷帽拉下了，低低地扣在前额上。“汽车钥匙在你身上？”

“是的，”她说。

“可以给我吗？”

她把钥匙给了他，说，“别犯傻啦，戴维。这是因为下着雨，而只有你一个人刚才工作过的缘故。坐下吧。”

“你要我坐下？”

“请吧，”她说。

他坐下了。这可没多大意思，他想。你起身走出去，打算开那辆该死的汽车，待在外面不回来，让她见鬼去，可跟着你就回进来，不得不开口要钥匙，就此像个傻瓜似的坐下了。他拿起他的酒杯，喝了一口。反正这酒可不赖。

“你打算上哪儿吃午饭？”他问。

“随你说上哪儿，我总陪你一起吃。你仍旧爱着我，是不？”

“别说傻话。”

“这次争吵真要不得，”凯瑟琳说。

“而且还是第一次。”

“是我不好，提起了剪报。”

“我们别提这些天杀的剪报啦。”

“原来全因为这一个啊。”

“那是因为你喝酒的时候尽想着剪报的缘故。因为你在喝酒，才提起剪报的。”

“听上去像是反胃，喝了下去再吐出来，”她说。“真可怕。实际上是我说漏了嘴，讲了句笑话。”

“你必须头脑里有这想法，才会这样讲出口来。”

“得了，”她说。“我原以为事情也许全过去了。”

“是过去了。”

“哦，那你为什么老是钉住了不放？”

“我们原不该喝这种酒。”

“对。当然不该喝。尤其是我。不过你确实需要喝。你看这酒会对你有什么好处吗？”

“我们现在还得喝这酒吗？”他问。

“我当然不打算喝了。这酒使我腻味。”

“这是英语中唯一叫我受不了的该死的词儿。”

“算你幸运，英语中只有一个这样的词儿。”

“放屁，”他说。“你一个人吃中饭吧。”

“不。我不要。我们要一起吃中饭，像个人样。”

“好吧。”

“我很抱歉。实在只是句玩笑话，只是讲得不对头。真的，戴维，就这么回事。”

第五章

戴维·伯恩醒过来时，潮水已退到了远方，沙滩上阳光明亮，海水一片深蓝。山峦显得青翠，刚被雨水冲洗过，山头的云彩都不见了。凯瑟琳依旧熟睡着，他望着她，看她平稳地呼吸着，阳光射在她脸上，他想，多奇怪啊，阳光射在她眼睛上竟没有把她弄醒。

他洗了淋浴，刷了牙，刮了胡子后，觉得饿，想赶紧吃早饭，但却穿上一条短裤和一件毛线衫，找出笔记本和铅笔加卷笔刀，在窗前的桌子边坐下来，从那里越过河口湾可以眺望西班牙。他动笔写作，忘了凯瑟琳和从窗口看到的景色，写作自动地进行着，他运气好时总是这样的。他写得很精确，写得恶劣的段落只微微显露出来，就像无风的日子里一道平滑的波浪轻巧地流动着，标明水下有礁石一般。

他写了一阵子，朝凯瑟琳看看，她还在安睡，这时嘴唇上带着笑意，敞开的窗户外射进来的一摊长方形的阳光落在她棕色的身子上，照亮了她那被弄皱的白单被和没用过的枕头衬托出的晒黑的脸蛋和黄褐色的头发。眼下去吃早饭可太迟了，他想。我来留张条子，下楼到咖啡馆，来杯牛奶咖啡什么的吧。但他正在收起写的东西时，凯瑟琳醒了，等他关上手提箱时来到他身边，伸出双臂搂住他，吻他的脖颈，说，"我是你一丝不挂的懒妻子。"

"那你醒来干吗？"

"我不知道。不过告诉我你要上哪儿，我五分钟内就赶到。"

"我要上咖啡馆去吃点早饭。"

"去吧，我就来。你刚才写了，是不？"

"当然。"

"昨天发生了误会什么的，你还能写作，真是太好了。我真感到骄傲。吻我吧，瞧我们在这浴室门上的镜子里的模样。"

他吻了她，两人注视着这大着衣镜。

"真惬意，一点也没有多穿衣服的感觉，"她说。"你乖乖的，别在去咖啡馆的路上闯祸。给我也叫一客火腿蛋。不用等我。真抱歉，让你等了这么久才去吃早饭。"

他在咖啡馆里拿到了早报和上一天的几份巴黎报纸，要了牛奶咖啡、巴荣纳①火腿和一只油煎的新鲜得很的大蛋，磨了一些粗胡椒面在蛋上，涂上了一点芥末才把蛋黄弄碎。凯瑟琳还不来，她那客煎蛋快要冷掉了，他就也把它吃了，拿一片新鲜面包抹干净扁平的盘子。

"太太来了，"招待说。"我给她另拿一盘来。"

她穿上了裙子和开司米毛线衫，戴上了珍珠项链，用毛巾擦干了头发，但是趁它还湿时梳得笔直，这时还有点湿，所以并不显得一片黄褐色，跟她黑得出奇的脸构成鲜明的对比。"这天气多美，"她说。"我后悔来迟了。"

"你打扮好了要上哪儿？"

"比亚里茨。打算开车去。你想去吗？"

"你想一个人去嘛。"

"对，"她说。"不过也欢迎你去。"

他站起身来，她说，"我要给你带回来一个惊喜。"

"不，别这样。"

---

① 巴荣纳为位于比亚里茨东北的一个大城市，火腿为其名产。

“要。而且你会喜欢的。”

“让我一起去，免得你干什么蠢事。”

“不。还是我一个人去干的好。我下午就回来。吃中饭不用等我。”

戴维看完报纸，就走出去，在本城到处寻找有没有愿出租的小舍，或者找一个适宜于居住的城区，结果发现那个新修建的地段既喜人可又沉闷。他喜欢海湾的景色、西班牙那一面的河口湾、富恩特拉比亚古老的灰色石堡①、从它伸展开去的那些亮光光的白房子以及投下蓝色阴影的褐色山冈。他纳闷这场暴风雨为什么过去得这么快，心想这一定仅仅是从比斯开湾来的暴风雨的北缘。比斯开在西班牙语中为 Vizcaya，不过这是指那个巴斯克区的省份，在海岸上一直过去，圣塞瓦斯蒂安朝西好一程路的地方。他看到在边境城市伊伦的那些屋顶再朝南的地方有些山脉，那是在吉普斯夸省内，再朝南就是纳瓦拉省了，而纳瓦拉省就是纳瓦拉省②。那我们在这儿干吗，他想，再说，我干吗在一个海滨避暑城市跑来跑去看新栽下的木兰树和天杀的含羞草属树木，留心看冒牌的巴斯克式别墅上的出租牌呢？你今儿早上的写作并没有辛苦得使你的头脑变得这样愚蠢啊，要不，你不过是昨天喝了酒宿醉未消吗？实在你根本没有好好写作。而你最好还是赶忙写作，因为一切都发展得太快，你就跟着一起走，不等你觉察到，你就会完蛋。也许你眼下已经完蛋了。好吧。不用吃惊。你至少还记得这一点。于是他继续穿城而行，心怀怨气，目光变得特别敏锐，并受到眼前的灰白色美景的

---

① 富恩特拉比亚旧城有一古堡，新城为避暑胜地。

② 吉普斯夸省和纳瓦拉省都在西班牙东北部。纳瓦拉省省会潘普洛纳每年6月6日至14日圣福明节期内举行斗牛赛，海明威于1923年和朋友们去参加，就此迷上了斗牛赛。他在这里流露了个人的感情，说明戴维身上有他自己的影子。

影响。

海上来的微风穿过房间，他正躺着看书，肩膀和腰背后垫着两只枕头，脑后也垫一只对折的枕头。他吃了午饭觉得昏昏欲睡，等她回来，给弄得心里空落落的，就边看书边等待。后来他听到开门声，她走进来，可他一时竟认不出是她了。她站在那儿，双手按在开司米毛线衣上的乳房下面，仿佛奔跑过似的，喘着粗气。

“啊，不，”她说。“不。”

跟着她就上了床，把头顶着他说，“不。不。求求你，戴维。难道你一点儿也不吃惊？”

他把她的头紧按在胸前，觉得这头光溜溜的，头发铰得很短，像粗糙的绸子，她呢，连连把头使劲地顶他。

“你干了什么好事，魔鬼？”

她抬起头，盯着他，把嘴唇紧贴在他的上面，左右移动着，同时身子在床上往上挪，紧紧地贴在他身上。

“现在我说得准了，”她说。“我真高兴。这原是个大好的机会。我现在成了你的新的姑娘，所以我们最好来弄弄明白。”

“我来看看。”

“我要让你看个清楚，不过让我先走开一会儿。”

她回来了，在床边站住，阳光穿过窗户照在她身上。她已经褪下了裙子，正光着脚，只穿着毛线衫，挂着珍珠项链。

“好好看看，”她说。“因为这是我现在的模样。”

他好好看了一遍那双晒黑的长腿那个笔挺地站着的身子那张晒黑的脸蛋和那个好像雕刻出来的黄褐色脑袋，于是她望着他说，“谢谢你。”

“你怎么干成的？”

"我能上床来告诉你吗?"

"如果你赶紧告诉我的话。"

"不。不能赶紧告诉你。让我细细道来。这主意最早是在过了埃克斯昂普罗旺斯[1]的路上什么地方想起的。我想是在尼姆，我们在花园里散步的时候吧。可是我当时还不知道该怎样搞，也许是不知道怎样跟他们说明该怎样搞吧。后来我想出了办法，昨天决定了下来。"

戴维用手摸她的头，从她的脖子摸到天灵盖，再一直摸到她前额上。

"让我细细道来，"她说。"我知道在比亚里茨一定有好的发型师，因为英国人很多。所以我到了那儿就上最好的店家去，对发型师说我要把头发全部朝前梳，他这样梳了，头发直垂到齐鼻子，我简直没法透过头发看，就说我要把头发剪得像一个男孩第一次上公学时的样子。他问我哪家公学，我就说伊顿或者温切斯特，因为除了拉格比以外，我只想得起这两家[2]，而我肯定不喜欢拉格比。他说到底哪一家。我就说伊顿，不过要一直朝前梳。所以，等他理好了，我看上去就像个曾经上过伊顿的最迷人的姑娘了，可我还是要他继续剪短，直到一点也不像伊顿式，然后我还要他继续剪短。随后他一本正经地说这可不是伊顿式发型啦，小姐。我就说我不要理伊顿式发型嘛，先生。我只知道这样来说明我要的发式，而且是太太，不是小姐。于是我要他把头发再剪短些，随后我一直叫他把它剪短，结果不是妙不可言就是可怕极了。你不在意我前额上的短发

---

① 埃克斯昂普罗旺斯，位于马赛以北。

② 这三家都是英国的著名贵族化公学，其毕业生大都进牛津或剑桥大学。伊顿公学位于伦敦之西，温切斯特公学位于英格兰南部汉普郡首府温切斯特，拉格比公学位于英格兰中部的拉格比城。

吧？如果是伊顿式的话，头发会蒙住我的眼睛。”

“真妙不可言。”

“这是怪古典的，”她说。“不过摸上去像小动物。摸摸看。”

他摸了一下。

“别因为这发型太古典而发愁，”她说。“我的嘴型把它抵消了。我们现在可以做爱吗？”

她把头俯下，他就拉起她的毛衣，顺着胳臂从她头上褪下，跟着弯下头去解她脖颈后项链上的搭扣。

“不，由它去吧。”

她反身躺倒在床上，两条褐色的腿儿紧紧并拢，头靠在平展展的单被上，那串珍珠从隆起的晒黑的乳房上斜挂下来。她眼睛闭着，两条胳臂搁在身子的两边。她正是个全新的姑娘，他看出她的嘴也变了样。她在小心翼翼地喘气，说，“什么都由你来干吧。从头做起。从一开头做起。”

“这样算开头吗？”

“是啊。别等得太久。对，别等了——”

夜间，她蜷着身子躺着，缠住了他，头搁在他胸膛下，从他的一边肋腹轻柔地摸到另一边，然后朝上爬，把嘴唇贴在他的上面，双臂搂住他说，“你睡熟的时候真可爱，真专一，而且你当时没有醒过来，没有醒过来。我当时就以为你不会，真是可爱。你对我真专一。你当时可以为那是一场梦？别醒来。我就要入睡了，否则就要成个野姑娘啦。她保持了清醒，呵护着你。你睡吧，要知道我就在这里。请睡吧。”

早上他醒来时，有那么个他熟悉的可爱的身子紧挨着他，他一看，看见那黝黑的双肩和脖子，好像打了蜡的木雕，还有那美观的黄褐色脑袋，头发又短又光滑，像只小动物般搁在那儿，他就把身子在床上朝下挪，转身朝着她，亲她的前额，嘴唇贴在她头发上，然后亲她的眼睛，然后轻轻地亲她的嘴。

“我睡着了。”

“我刚才也是这样。”

“我知道。摸摸看有多稀奇。整整一夜都妙不可言，多稀奇啊。”

“并不稀奇。”

“想这样说就说吧。啊，我们配合得多妙。我们俩能都入睡吗？”

“你想入睡？”

“我们俩都入睡。”

“我来试试。”

“你睡着了吗？”

“没有。”

“请试试吧。”

“我正在试。”

“那就把眼睛闭上。如果你不愿闭上眼睛，如何能入睡呢？”

“我喜欢在早上看到你全新又稀奇。”

“我发明了这个不是挺好吗？”

“别说话。”

“只有说话才能不致干得太快。我已经慢下来了。难道你感觉不到？你当然能感觉到。难道你现在现在现在感觉不到就像我们的两颗心一起在跳跳得一个样我知道只有这个才重要我们自己可算不上什么这样真美并且真好真好并且美——”

她回进大房间，走到镜子前，坐下来梳头发，用挑剔的眼光望着自己的影子。

“我们在床上吃早饭吧，”她说。“如果喝香槟不算使坏的话，能来点吗？在干香槟方面，他们有朗松牌和上好的毕雷-儒埃牌。我打电话好吗？”

“好，”他说，就走到淋浴龙头下。在把龙头开足前，他听到她打电话的声音。

他从浴室出来，她正一本正经地倒身靠在两只枕头上，那些枕头都利落地抖干净了，两个一叠，一共两叠，放在床头。

“我头发淋湿了，看上去行吧？”

“不过有点湿罢了。你用毛巾擦干了。”

“我前额上的头发还可以剪得短些。我可以自己来剪。要不由你来。”

“我倒喜欢头发蒙在你眼睛上。”

“也许会这样吧，”她说。“谁说得准呢？也许我们会讨厌古典式。今天，我们要在海滩上一直待过中午。我们要在海滩上跑得老远，等人家全回去吃午饭了，我们可以好好晒晒黑，等肚子饿了，就开车上圣让①去吃饭，到巴斯克酒吧去。不过你要先同意一起上海滩去，因为我们需要这样做。”

“好。”

戴维拖了把椅子过来，一手紧按在她手上，她瞧着他说，“两天前我就什么都知道了，后来那苦艾酒使我动手干。”

“我明白，”戴维对她说。“你管不住自己了。”

“可是我提起了那些剪报，使你伤心。”

“没有，”他说。“你想这样做。你没有成功。”

---

① 圣让的全名为圣让德卢兹，位于昂代和比亚里茨之间。

“真对不起，戴维。请相信我。”

“人人都有些自以为重要的怪事情要干。你管不住自己嘛。”

“才不呢，”姑娘说着摇摇头。

“那就不要紧了，”戴维说。“别哭。这不要紧。”

“我从来不哭，”她说。“不过我忍不住了。”

“这我懂，而且你哭的时候真美。”

“不。别这样说。不过我以前从没哭过，对吗？”

“从没哭过。”

“不过，要是我们在这儿海滩上就这么待上两天，会对你不利吗？我们还没有任何游水的机会，到了这里却不游水，那才叫傻哪。等我们走的时候，要上哪儿去呢？噢。我们还没打定主意。兴许我们会在今晚决定，或者明儿早上。你提议上哪儿？”

“我看随便什么地方都行，”戴维说。

“得，也许我们就上随便什么地方去吧。”

“那地方大得很哪。”

“然而只有我们俩在一起才美，我会好好儿打行李的。”

“也没什么可干的，除了放上盥洗用品，把两只旅行包关上。”

“你高兴的话，我们可以早上就动身。说真的，我不愿干什么对你不好或者对你有什么坏影响的事儿。”

招待敲敲门。

“没有毕雷-儒埃牌了，太太，所以我送来了朗松牌。”

她已经不哭了，戴维的一只手依旧紧按着她的手，他说，“我明白。”

第六章

他们把上午花来参观普拉多博物馆[①]，这时正坐在一座有厚石墙的建筑的一间餐室内。那地方很阴凉，非常古老。四面墙边排着一只只葡萄酒桶。桌子又古老又厚实，椅子都坐得磨损了。天光从门洞里透进来。招待给他们端来两杯在加的斯[②]附近低洼地区生产的名叫 Marismas 的曼萨尼雅酒，加上切成薄片的 jamón serrano，那是种用由橡树子饲养的猪腌制而成的带烟熏味的硬火腿，还有鲜红色的加有香料的大香肠、另一种香料加得更足的在一个叫比克的小城生产的深色香肠、鳀鱼和蒜味橄榄。他们吃了这些东西，再喝了些曼萨尼雅酒，酒味清淡，带点坚果味。

桌上，凯瑟琳手边有一本绿色封面的《西英教学课本》，戴维手边有叠早报。那天很热，但在这老建筑内很凉快，招待问，"要喝西班牙凉菜汤吗？"他是个老头，又把他们的酒杯斟满。

"你看小姐会喜欢吗？"

"试试看吧，"招待一本正经地说，好像在讲一匹母马。

汤端来了，一大碗，上面浮着冰块，里头有一片片脆生的黄瓜、番茄、蒜味面包块、红绿辣椒，还加有粗磨胡椒的辣汁，微带油和醋味。

"这是种色拉汤，"凯瑟琳说。"味道很好。"

"这是凉菜汤，"招待用西班牙语说。

他们这时从一只大罐子里倒巴尔德佩尼亚斯酒喝，刚才喝下垫底的曼萨尼雅酒被凉菜汤稀释了，酒性暂时被镇住了，这巴尔德佩尼亚斯酒稳稳当当地掺进胃里，酒性开始发作。扎扎实实地发作了。

“这是什么葡萄酒？”凯瑟琳问。

“是种非洲葡萄酒[③]，”戴维说。

“人家老是说非洲是从比利牛斯山脉[④]开始的，”凯瑟琳说。“我还记得第一次听到这么说，就得到了很深的印象。”

“有些话说说容易，这说法就是其中之一，”戴维说。“实在比这要来得复杂。甭管它，喝吧。”

“不过我从没到过非洲，怎么能说得准非洲打哪儿开始呢？人家老是跟你说难以捉摸的话。”

“着啊。你可以说得准。”

“那巴斯克地区确实不像非洲，也不像我曾听说过的非洲的样子。”

“阿斯图里亚斯和加利西亚[⑤]也不像，可是你一旦从海岸边进入内地，就很快地越来越像非洲了。”

“可是为什么人家从来不画那些地方？”凯瑟琳问。“画上的背景老是埃斯科里亚尔[⑥]那边的山峦。”

“那道山脉[⑦]，”戴维说。“根据你的眼光描绘的卡斯蒂利亚[⑧]

---

① 位于马德里，1868 年正式建立，其前身为 1819 年建成的皇家绘画馆，藏有全世界最丰富的西班牙绘画，还有其他欧洲国家的名作。

② 加的斯为位于西班牙最南端的大海港，在直布罗陀海峡的西北。

③ 实在是马德里东南巴尔德佩尼亚斯所产，故名。

④ 这道横贯法国西南部和西班牙东北部之间的山脉，构成了两国之间的国境线。西班牙是欧洲国家，但曾被非洲来的摩尔人入侵，带来了非洲文明，故有此一说。

⑤ 这是西班牙两地区名，分别位于该国西北部及最西北端，濒比斯开湾及大西洋。

⑥ 马德里西北一庞大建筑群，建于 16 世纪，有宫殿、教堂、修道院、陵墓等，大都用大理石建成。

⑦ 指瓜达拉马山脉，位于马德里西北，形成埃斯科里亚尔的庞大背景。

⑧ 卡斯蒂利亚为西班牙中部和北部一大地区名，南半部称新卡斯蒂利亚，北半部称旧卡斯蒂利亚。

的画，可没人要买啊。他们从来没有过风景画家。画家都是遵命画的。”

“除了格列柯画的托莱多[1]。真糟糕，有了这样美妙的国土，却从来没有出色的画家来画它，”凯瑟琳说。

“喝了凉菜汤后吃什么？”戴维说。那掌柜的是个中年的矮个子，身子结实，脸盘四方，他已经走了过来。“他想我们该来点什么肉类。”

“有顶呱呱的里脊肉，”主人用西班牙话不放松地说。

“不要，对不起，”凯瑟琳说。“来客色拉就行了。”

“得，至少喝点儿葡萄酒吧，”掌柜的说着，从吧台后面的酒桶龙头上把罐子又装满了酒。

“我不该喝酒，”凯瑟琳说。“很抱歉，我讲得太多了。很抱歉，如果我讲了傻话。我常常会这样。”

“在这样热的一天，你讲得好算非常有趣而特精彩的了。葡萄酒使你唠叨不休吗？”

“这跟喝了苦艾酒唠叨不休不一样，”凯瑟琳说。“这并不使人感到危险。我已经开始过我美好的新生活，我正在看书，展望未来，竭力不过分想到自己，并且打算一直这样过下去，可是一年的这个季节，我们不该待在任何城市里。也许我们还是走吧。到这儿来的一路上，我看到了不少可以入画的美妙的事物，可我根本不会画画，从来也不会。我知道不少可写的美妙的事物，可是我连写封内容并不无聊的信也不会。我到这个国家来以前，从没想过要做个画家或者当个作家。如今可就像是一直饿着肚子，但你对此一无

---

① 西班牙画家格列柯（1541—1614）在马德里南的托莱多城去世；有名作《暴风雨中的托莱多》，以蓝绿黑色为主，色调冷峻。

办法。”

“这个国家就在这里。你用不着对它干什么。它始终在这里。普拉多博物馆就在这里啊，”戴维说。

“除了通过你自己的认识以外，什么也不存在，”她说。“而我不希望死去，什么都消失。”

“我们驶过的每一英里地，都属你所有。所有那些黄色的土地和白色的山冈和扬起的谷壳和路旁那一长行一长行的白杨。你理解你看到的和感到的一切，这都是属于你的。你不是已经有了王家水道港和死水城还有我们骑自行车跑遍的卡马尔格平原吗？这儿将也是这么回事。”

“可是等我死了怎么样呢？”

“那你就死了呗。”

“不过我受不了就此死去。”

“那就别不到时候就死去。看看一切，好好听听，仔细体会。”

“如果我记不住怎么办？”

他刚才讲到了死，仿佛死是无所谓的。她喝着葡萄酒，望着厚实的石墙，墙上只有在高处有些安着铁栅的小窗，面向一条阳光照不到的窄巷。那门洞子却外通一道拱廊和照在广场磨损的石板地上的明亮的阳光。

“你开始跳出你的生活天地，”凯瑟琳说，“那就极其危险了。也许我还是回到我们自己的天地里来的好，那是我构筑的你跟我的天地；我是说我们构筑的。我在那个天地里大获成功。这仅仅是四个星期前的事[①]。我看也许我又将大获成功。”

① 指他们俩在王家水道港度的蜜月。

色拉送来了，于是只见深色桌面上这盘绿色的东西和拱廊外广场上的阳光。

“觉得好过点儿了？”戴维问。

“是的，”她说。“我想自己的事想得太多了，弄得又变得不可救药了，就像一个画家，画的就是我自己。真糟糕。我既然恢复了正常，希望还是能一直保持下去。”

下过了大雨，这时热气给打消了。他们正在王宫饭店一个阴凉的、给关上的横条百叶窗弄得很暗的大房间里，在又长又深的浴缸的深水里一起洗了澡，然后开足水龙头，让水全力飞溅在他们身上，再淌下身去，打着旋从排水口流掉。他们用大毛巾给彼此擦干了身子，然后上床。他们躺在床上，一阵凉风透过百叶窗的横条之间钻过来，在他们身子上面吹拂。凯瑟琳合扑躺着，用两个手拐儿撑起上半身，下巴搁在双手上。“如果我又摇身一变而为一个男孩，你看可会有趣儿？这样做一点也不难。”

“我喜欢你就像现在的样子。”

“多少有点叫人跃跃欲试。不过我看不该在西班牙这样做。这国家多一本正经啊。”

“保持你现在的样子吧。”

“什么道理，你这样讲的时候声音都变了？我想我要那样做。”

“别。眼下别做。”

“谢谢你这个‘眼下别做’。我该这一回像个姑娘般做爱，然后再那样做吗？”

“你是个姑娘。你是个姑娘嘛。你是我可爱的姑娘凯瑟琳。”

“对，我是你的姑娘，而且我爱你我爱你我爱你。”

“别讲了。”

“不，我要讲。我是你的姑娘凯瑟琳，而且我爱你求求你我爱你永远永远永远——”

“你用不着这样说个不停。我看得出来。”

“我喜欢这样说，我必须这样说，我一直是个好姑娘，是个乖姑娘，而且我还要那样做。我许下诺言，我还要那样做。”

“你用不着说出来嘛。”

“啊，不，我要说。我现在说，而且我说过，你也说过。请你现在说吧。请吧。”

他们静静地躺了好一会儿，她说，“我真爱你，你真是个好丈夫。”

“你叫人愉快。”

“刚才干得合你意吗？”

“你怎么看？”

“希望合你意。”

“你正合我意。”

“我真诚地许下过诺言，我要那样做，并且会遵守诺言。现在我可以再做男孩吗？”

“为什么？”

“只要干短短一会儿嘛。”

“为什么？”

“我过去喜欢这样做，我并不惦念，可是如果对你没什么不好，我倒是喜欢夜间在床上再这样做。我可以再做吗？如果对你没什么不好的话？”

“如果对我不好，那就见鬼去。”

“那么我可以吗？”

“你真的想做吗？”

他有意不说“一定要做”，所以她说，“我并不一定要做，可是求你了，如果没问题的话。请问我可以吗？”

“没问题。”他吻了她，把她紧搂在自己身上。

“除了我们，谁也说不准我是哪一个。我要只在夜间做男孩，不会叫你难堪的。请不要为了这个担心。”

“没问题，男孩。”

“我刚才说不一定要做，是说谎。这是今天突然想起来的。”

他闭上眼睛，并不想什么，她就吻他，于是这回干得更进一步，他觉察到了，感到这股不顾死活的劲儿。

“你现在变吧。请吧。别要我来使你变。一定要我来吗？好吧，我愿意。你现在已经变了。你变了。你也这样干过。你变了。你也这样干过。我对你干过，不过这是你自己干成的。对，是你干成的。你是我甜蜜的最最亲爱的亲人儿凯瑟琳。你是我甜蜜的我可爱的凯瑟琳。你是我的姑娘我最最亲爱的唯一的姑娘。啊谢谢你谢谢你我的姑娘——”

她在那儿躺了好一会儿，他以为她睡着了。跟着她极慢极慢地把身子挪开去，用两肘轻巧地支起上半身，说，“我明儿要给自己一个绝妙的惊喜。我要一早去普拉多博物馆，像个男孩那样去看所有的油画。”

“那我就不去了，”戴维说。

第七章

早上，他趁她还熟睡时爬起身来，走到外面明亮的晨光里，走进高原①的清新空气。他顺着街道上山到圣安娜广场，在一家咖啡馆内吃早饭，看当地的报纸。凯瑟琳打算十点钟普拉多博物馆开门时到那儿，所以他临走时把闹钟拨到九点来叫醒她。到了外面街上，一路上山，他曾想到她睡着的模样，那好看的头上，头发给弄乱了，像一枚古钱搁在白色被单上，枕头给推开了，盖在身上的单被显示出她身体的曲线美。这情况维持了一个月，他想，换句话说，几乎达到一个月。另一段时期从王家水道港到昂代是两个月。不，不到两个月，因为她在尼姆就开始想到这个主意了。不是两个月。我们结婚已有三个月加上两个星期，我希望始终使她快活，可是在这种情况下，我看谁也照顾不了谁。只要坚持下去就够了。不同的是这回是她先开口的，他对自己说。她的确开了口。

他看罢了报纸，然后付了早饭钱，走到外面的热空气里，这是风向变后又回到高原上来的，他一直走进那阴凉、拘泥形式、彬彬有礼得可悲的银行，在那儿拿到从巴黎转来的信件。他把一张在巴黎存款的银行汇到这家马德里代理银行的汇票兑现，在等着汇票漫长地通过一道道窗口办一系列手续时，拆开信来看着。

临了，一叠沉甸甸的钞票放进了他夹克衫的口袋，他揿上袋钮，又走进外面炫目的阳光中，在报摊前停下，买了早班南方快车捎来的英美报纸。他还买了几份斗牛周刊，把那些英文报纸卷在里头，然后沿着圣赫罗尼莫大街走进那阴凉、友好、早上还很暗的意大利人快餐店。这时店里还没有顾客，他想起自己并没有跟凯瑟琳约好在这里相会。

“你要喝什么？”招待问他。

“啤酒，”他说。

“这儿不是啤酒店。”

“难道你们没有啤酒？”

“有。不过这儿不是啤酒店。”

“去你的，”他说，把报纸重新卷好，就走出去，跨过街道，从对面回头走，朝左手拐上维多利亚路，一直走到阿尔瓦雷斯啤酒馆。他在过道的布篷下一张桌子边坐下，喝一大杯冰镇生啤。

那招待看来只是没话找话说，他想，而且那人说得也相当正确。那儿不是啤酒店。他不过是咬文嚼字而已。他并不是出言不逊。这样说非常不好，他对此根本无法辩解。这样做真要不得。他又喝了一杯啤酒，叫招待过来付账。

“太太呢？”招待说。

“在普拉多博物馆。我就去接她。”

“得，等你回来再付吧，”招待说。

他抄一条下山的近路回到旅馆。房门钥匙在账台上，因此他乘电梯到他们住的那一层楼，把报纸和信件放在房内一张桌子上，把钞票的大部分锁进衣箱。房间收拾过了，百叶窗拉下了，挡住了热气，因此室内光线很暗。他洗了手和脸，把信件翻了一遍，挑出四封，放在后裤袋里。他拿了巴黎版的《纽约先驱报》、《芝加哥论坛报》和《伦敦每日邮报》，下楼走进旅馆的酒吧间，半路上在账台前停了一下，留下钥匙，请办事员等太太进来时告诉她，他在酒

---

① 马德里地处二千多英尺的高原上。

吧间。

他在吧台前一张圆凳上坐下，叫了一杯曼萨尼雅酒，拆开信封一封封看起来，一边从酒保和酒杯一起放在他面前的碟子里拿蒜味橄榄吃。有封信里有两张从月刊中剪下的他那部小说的书评，他看着，看到上面谈起他或者他曾写下的作品，感到无动于衷。

他把那些剪报放回信封内。这些书评写得富有理解力和洞察力，但对他来说，一点也没意义。他带着同样超然的态度看出版商的来信。那本书销路很好，他们认为可能一直畅销到秋天，尽管对这类事情谁也没法说得准。当然，它至今一直受到评论界好得出奇的欢迎，并且为他下一本书开辟了道路。这是他的第二部小说而不是第一部，这一点是个极大的有利条件。真是可悲，美国作家能写出的好小说往往总只有第一部。可是这一部，出版商继续写道，他的第二部，证实了他在第一部中所显示的全部才华。这是纽约的一个不寻常的夏季，天气冷而雨水多。基督啊，戴维想，纽约是什么光景，见鬼去吧，那个薄嘴唇的杂种柯立芝①，见鬼去吧，此人戴着高硬领，在我们从苏族和夏延族②手里偷来的黑山地区③一处鱼类孵卵的地方钓鳟鱼来着，还有那些心想不知自己的妞儿会不会跳查尔斯顿舞④的灌饱了金酒的作家们，也见鬼去吧。还有他那已证实的才华，也见鬼去吧。什么才华，对谁证实呀？对《日晷》、对《书人》、对《新共和》⑤吗？不，他早就显示出了才华。让我来对你们显示出我的才华，以便我来证实它。真是放屁。

---

① 卡尔文·柯立芝(1872—1933)，美国第30任总统(1923—1929)。

② 这两个印第安族居美国西北部。

③ 黑山地区位于南达科他州西南部和怀俄明州东北部，有黄金等矿藏。

④ 20世纪20年代西方流行的一种交谊舞，起源于美国南卡罗来纳州东南部查尔斯顿港，原为一种黑人舞蹈。

⑤ 《日晷》和《书人》为美国当时的高档文艺评论月刊，《新共和》为自由主义的政治性周刊。

“你好，年轻人，”一个声音说。“你看上去这样愤慨是为了什么？”

“你好，上校，”戴维说，一下子高兴起来。“真见鬼，你到这儿来干吗？”

上校长着深蓝色的眼睛、沙黄色头发和一张晒黑的脸，看上去像是由一个疲惫的雕刻家用一块燧石雕成的，雕时弄断了他的凿子，他拿起戴维的酒杯，尝尝这曼萨尼雅酒。

“给我来一瓶这年轻人在喝的劳什子，拿到那张桌子去，”他对酒吧招待说。“拿一瓶来。用不着冰镇的。马上拿来。”

“是，先生，”酒吧招待说。“遵命，先生。”

“来吧，”上校对戴维说，领他到屋角那张桌子去。“你气色非常好。”

“你也如此。”

约翰·博伊尔上校身穿一套用看上去很硬、但却凉爽的料子做的深蓝色西装和一件蓝衬衫，系着黑领带。“我一向很好，”他说。“要找份工作吗？”

“不要，”戴维说。

“就这么干脆。连是什么工作也不问一声。”他的话音听上去好像是从一个干巴巴的嗓子眼里硬咳出来的。

酒来了，招待斟了两杯，放上几碟蒜味橄榄和榛子。

“没有鳀鱼？”上校问。“这算什么样的小饭店啊？”

招待微微一笑，跑去拿鳀鱼了。

“好酒，”上校说。“第一等的。我一直指望你的口味会有所长进。说吧，为什么不要找份工作？你刚写好了一本书嘛。”

“我正在度蜜月。”

“多蠢的词儿，”上校说。“我从来不喜欢这词儿。听上去感情用事。干吗不说你新近结婚？这样讲没什么两样。反正你会变得百无一用的。”

“那是什么工作？”

“现在可不必谈啰。你娶了谁？是我认识的什么人？”

“凯瑟琳·希尔。”

“认识她父亲。非常古怪的角色。是汽车失事死的。他妻子也一起死的。”

“我从没见过他们。”

“你从没见过他？”

“对。”

“奇怪。不过也是完全可以理解的。他这做丈人的死了，对你并不是什么损失。人家说那个做母亲的一向十分孤单。大人们这样死去可太蠢了。你在哪儿结识这姑娘的？”

“在巴黎。”

“她有个傻叔叔住在那里。他实在百无一用。你认识他吗？”

“在跑马场见过他。”

“在朗香和奥特伊[1]。你哪里避得了啊？”

“我娶的可不是她的全家。”

“那当然。不过总是这么回事。不管是死去的还是活着的。”

“可不包括叔伯和姑妈。”

“得，反正找找乐子吧。你知道，我喜欢那本书。它销路可好？”

“销路相当好。”

“它使我非常感动，”上校说。“你是个善于迷惑人的狗

---

① 巴黎的著名跑马场。

崽子。”

“你也一样，约翰。”

“但愿如此，”上校说。

戴维看见凯瑟琳在门口出现，就站起身来，她走到他们面前，戴维说，“这位是博伊尔上校。”

“您好，我亲爱的？”

凯瑟琳对他看看，笑笑，就在桌边坐下了。戴维瞅着她，她看上去仿佛正屏住了气。

“你累了吧？”戴维问。

“我看是的。”

“来一杯这种酒吧，”上校说。

“如果我要来杯苦艾酒不要紧吗？”

“当然可以，”戴维说。“我也要来一杯。”

“我可不要，”上校对招待说。“这瓶酒不够清凉了。拿回去冰上，给我从一瓶冰镇的倒一杯来。”

“你喜欢正宗的佩诺酒？”他问凯瑟琳。

“对，”她说。“我见了人怕生，喝了这酒有好处。”

“这是种非常之好的酒，”他说。“我很想陪你一起喝，可惜午饭后有工作得做。”

“对不起，忘了跟你预先约好，”戴维说。

“这样很好。”

“我弯到银行去拿信件。有好多你的信。我留在房间里了。”

“这我不感兴趣，”她说。

“我在普拉多看到你在看那些格列柯的画，”上校说。

“我也看到了你，”她说。“你看起画来，是否总是拿它们当你自己的，在琢磨怎样把它们重新好好挂起呢？”

“也许吧，”上校说。“你看起画来，是否总是像个好战的部落的年轻酋长，摆脱了他的那些顾问官，在欣赏那座勒达和天鹅大理石像[①]呢？”

凯瑟琳晒黑的脸上涨红了，她望望戴维，然后望望上校。

“我喜欢你，”她说。“再跟我说些什么吧。”

“我喜欢你，”他说。“而且我羡慕戴维。他处处使你满意吗？”

“难道你看不出来？”

“‘对我来说，看得见的世界才是看得见的，’”上校说。“接着喝，再呷一口这带苦艾味的吐露真情的琼浆吧。”

“我现在用不着了。”

“难道你现在不怕生了？不管怎么样，喝了吧。对你有好处的。你是我见过的最黑的白种姑娘。不过你父亲也是非常黑的。”

“我一定是遗传到了他的皮肤。我母亲是非常白皙的。”

“我从没见过她。”

“你跟我父亲熟吗？”

“相当熟。”

“他是怎么样的？”

“他是个非常难处而迷人的男子。你真的怕生？”

“真的。问戴维好了。”

“你可克服得挺快啊。”

“你把它压下去了。我父亲是怎么样的？”

“他是我认识的最怕生的人，可是他能变得绝顶迷人。”

---

① 根据希腊神话，斯巴达王后勒达和变成天鹅的大神宙斯交合后，生下两个巨蛋，其中之一诞生海伦，后来当上了斯巴达王后，被特洛伊的王子帕里斯拐走，因而引起了长达十年之久的特洛伊战争。

“他也必须喝佩诺酒吗？”

“他什么都喝。”

“我使你想起他了？”

“绝对没有。”

“那敢情好。戴维呢？”

“一点儿也不。”

“这就更好了。你怎么知道我在普拉多时是个男孩的模样呢？”

“为什么你不该是这样？”

“我还是昨天傍晚才重新这样做的。我做姑娘快一个月了。问戴维好了。”

“你用不着说问戴维好了。你现在是什么？”

“是个男孩，如果你不介意的话。”

“我觉得挺好。但你并不是。”

“我不过是想这么说说罢了，”她说。“既然说了，就不必做了。可是在普拉多博物馆时真妙。所以我刚才想跟戴维说说。”

“你跟戴维说的时间多着哪。”

“对，”她说。“我们要干事有的是时间。”

“跟我说说，你在哪儿晒得这么黑的，”上校说。“你可知道自己有多黑吗？”

“是从王家水道港开始晒黑的，后来在离纳波尔[①]不远的地方。那儿有个小海湾，有条小径一路下坡穿过松林直通到那儿。从路上望不见这小湾。”

“要晒得这么黑需要多长时间？”

---

① 纳波尔为濒地中海一小镇，就在戛纳以西不远处。

"大约三个月吧。"

"那你打算拿这身黑皮肤怎么办?"

"带着它呗,"她说。"在床上的时候非常相宜。"

"我看你不打算待在城里让它白白褪掉吧。"

"在普拉多可不会褪。实在我并不带着它。那就是我。我确实有这么黑。阳光不过使它显现出来罢了。但愿我更黑些。"

"到那时候你兴许会更黑,"上校说。"你还期待着别的像这样的事儿吗?"

"就是每一天吧,"凯瑟琳说。"我期待着每一天到来。"

"那么今天可是个好日子?"

"是的。你知道正是这样。你在那儿嘛。"

"你和戴维陪我一起吃中饭好吗?"

"好啊,"凯瑟琳说。"我上楼去换换衣服。等等我好吗?"

"难道你不想喝光这杯酒?"戴维问。

"我不想喝了,"她说。"别替我担心。我不会怕生了。"

她朝门口走去,他们俩都目送着她。

"我刚才太粗鲁吗?"上校问。"我希望并不。她是个非常可爱的姑娘。"

"我只希望我对她有好处。"

"你正是这样。你自个儿干得怎么样?"

"我想不错吧。"

"你快活吗?"

"非常快活。"

"记住了,一切事情在出错儿之前都是没问题的。等出了错儿,你就明白了。"

"你这么看?"

“我相当肯定。如果你不这么看也没关系。那就什么都没关系了。”

“情况会发展得多快？”

“我压根儿没提到过快慢。你在说些什么？”

“对不起。”

“重要的是你现有的，所以好好享受吧。”

“我们在享受。”

“我也看到了。只是有一点。”

“什么？”

“好好照顾她。”

“你要跟我讲的话就这些？”

“还有一桩小事情：生崽子可不行。”

“还没有什么崽子啊。”

“还是把这崽子一枪毙了来得仁慈些。”

“仁慈些？”

“好些。”

他们关于熟人谈了一会儿，上校讲得很放肆，跟着戴维看见凯瑟琳走进门来，身穿白色雪克斯丁套装，来衬托出她实在有多黑。

“你当真看来美得异乎寻常，”上校对凯瑟琳说。“可是你必须想法晒得更黑些。”

“谢谢你。我会的，”她说。“我们现在用不着就到外面的高温中去，对吗？不能在这儿阴凉地方坐坐吗？我们可以在这儿烧烤的地方吃东西。”

“你们陪我一起吃中饭，”上校说。

“不，请原谅。你陪我们一起吃中饭。”

戴维拿不定主意似地站起来。这时酒吧间内人多一点儿了。他低头朝桌子看去，发现已把自己的那杯酒和凯瑟琳的都喝光了。他想不起喝过这两杯来着。

这是午睡时分，他们躺在床上，戴维就着床左边窗子透进来的亮光在看书，刚才他把窗上的一扇横条百叶窗[1]朝上拉了三分之一。亮光就是从街对面的房子反射过来的。百叶窗拉起得还不够高，没显出天空来。

“那上校就喜欢我晒得这么黑，”凯瑟琳说。“我们一定得再到海滨去。我得保持这么黑。”

“随你喜欢什么时候上那儿去，我们就去。”

“这敢情挺棒。有件事可以说给你听吗？我不得不说。”

“什么？”

“吃中饭的时候，我没有变回去成为姑娘。我当时举止得当吗？”

“你没变？”

“对。你在意吗？眼下我可是你的男孩，我愿为你什么都干。”

戴维继续看书。

“你生气了？”

“没有。”清醒了，他想。

“现在可简单了。”

“我不这么看。”

“那我要多加小心。我觉得今儿早上干的每一桩事，在光天化日之下都是多么正确而叫人愉快，多么纯洁而美好。我现在可以试试，看看会怎么样吗？”

---

① 这种百叶窗名威尼斯式窗帘，是种软百叶帘，可随意朝上拉。

“我情愿你不要试。”

“我可以吻你，试试看吗？”

“如果你是个男孩，我也是个男孩，那就不行。”

他觉得胸膛里好像横着根铁棒，从一边到另一边。“但愿你没有告诉过上校。”

“可是他看到了我啊，戴维。是他提起的，他全知道了；并且理解。告诉他可不好算蠢啊。这样更好。他是我们的朋友啊。我告诉了他，他就不会讲出去了。如果不告诉他，他倒有权利讲出去。”

“你不能这样信任所有的人。”

“我不关心别人。我只关心你。我永远不会跟别人搞出什么丑事来。”

“我觉得胸膛好像被铁条箍住了一样。”

“我很难过。我却觉得我的胸膛畅快极了。”

“我最亲爱的凯瑟琳啊。”

“这就好了。你想叫我凯瑟琳时总这样叫吧。我也是你的凯瑟琳啊。你需要时我总是凯瑟琳。我们还是睡觉吧，要不，我们来开始干，看看结果会怎么样？”

“让我们先在黑暗中一动不动地躺着，”戴维说，拉下那横条百叶窗，他们就并肩躺在马德里王宫饭店大房间里的床上，凯瑟琳曾在那里的普拉多博物馆里行走，在大白天以男孩的模样行走，现在她可要把那些隐蔽事儿在亮光里显示出来，于是在他看来，这样变来变去将会没有个完。

第八章

静修公园[1]在早上空气清新得好像它是座森林。园内一片青翠，树干呈深色，四面八方的远景全都改观了。那个湖不在原来的地方了，等他们透过树丛望见它，它着实改变了模样。

“你朝前走吧，”她说。“我要看看你。”

于是他从她身边转身走到有一条长椅的地方，坐下了。他望得见远处有个湖，知道实在太远了，永远走不到。他在长椅上坐着，她在他身边坐下来说，“没事儿。”

但是悔恨之情正在静修公园等着和他相会，这时他心情坏极了，就对凯瑟琳说，他将在王宫饭店的咖啡室内等她。

“你没事儿吧？要我陪你一起去吗？”

“不用。我没事儿。不过我非走不可。”

“在那边会面吧，”她说。

那天早晨她模样儿特别美，她想起他们之间的秘密，微微一笑，他也对她微笑，然后带了他的悔恨之情上咖啡室去。他以为走不到那里了，但还是走到了，等到后来凯瑟琳前来时，他快喝完第二杯苦艾酒，那份悔恨之情已消失了。

“你好，魔鬼？”他说。

“我是你的魔鬼，”她说。“我也可以来一杯这个吗？”

招待看见她这么俊俏又这么快乐，满意地走开了，她就说，“刚才是怎么回事？”

“不过是情绪糟透了，现在可感觉良好了。”

“真糟到那个地步吗？”

“不，”他说了谎。

她摇摇头。“真是抱歉。我原希望根本不会有什么糟糕事儿的。”

“都过去了。”

“这就好了。夏天在这地方，没有别人，不是挺美吗？我想出了一个主意。”

“已经想出了？”

“我们可以待下去，用不着到海边去。这地方如今是我们的了。本城和这地方。我们可以待在这儿，过后开车回去，直达纳波尔。”

“其他可行的办法也不多了。”

“那就别走。我们还刚开始呢。”

“对……我们总是可以回到原处的。”

“我们当然可以，而且会这样做的。”

“我们别谈它了，”他说。

他觉得坏情绪又开始兜上心头，就慢慢地一口口呷他的酒。

“这是桩非常奇怪的事情，”他说。“这酒的味道跟悔恨之情的滋味完全一样。有悔恨之情的真味，然而能把它驱散。”

“我不喜欢你为了这个不得不喝这酒。我们可不是这样的。我们不能这样。”

“也许我是这样的吧。”

“你不能这样。”她从她酒杯里慢慢地一口口呷着，再慢慢地一口口呷着，望望周围，然后望着他。“我能做到。望着我，看着

---

① 静修公园位于马德里城中部，普拉多博物馆就在它的西南端。

我变吧。在这儿马德里王宫饭店的露天咖啡室，你望得到普拉多、那条街和树下的洒水器，所以这是真实的。这是挺突兀的。但是我能做到。你能看到。瞧。这两片嘴唇又是你那姑娘的了，我是你真心希冀的一切。我不是做到了吗？告诉我。”

“你用不着这样做。”

“你喜欢我做姑娘吧，”她万分严肃地说罢，微笑了。

“对，”他说。

“这就好，”她说。“很高兴有人会喜欢，因为这实在叫人腻味。”

“那就别变。”

“你没听我说我做到了吗？你不是看着我变的吗？就因为你拿不定主意，就要我把自己硬扭过来，撕成两半吗？就因为你对任何事物都不愿长久忍受吗？”

“你肯抑制一下吗？”

“干吗要我抑制？你要的是姑娘，可不是吗？难道你不愿要由此带来的一切？当众吵嘴、歇斯底里、没来由的指责、使性子，难道不是这样吗？我是在抑制着哪。我不愿当着招待的面使你感到不自在。我不愿使招待感到不自在。我要看我那些天杀的信件。叫人上楼去把我的信件拿来好吗？”

“我来上楼去拿。”

“不。我不能一个人待在这儿。”

“说的是，”他说。

“明白了？所以我刚才说叫人去拿。”

“他们不肯把房间钥匙交给一个跑堂的。所以我刚才说我去拿。”

“我不想要了，”凯瑟琳说。“我不打算这样干了。干吗我该对你这样干呢？这是滑稽可笑而有损尊严的。这太愚蠢了，我竟然不想请你原谅我。再说，反正我得上楼到房间去。”

“现在？”

“因为我是个该死的女人。我一向以为，如果我是个姑娘，一直做个姑娘，我至少会生个孩子的。连这一个也做不到。”

“这可能是我的不是。”

“我们永远不要谈什么不是吧。你留下，我去把信件拿来。我们来看信，做高尚善良明智的美国旅游者，因为在一年中不恰当的时令来到马德里，才感到失望。”

吃中饭时，凯瑟琳说，“我们回纳波尔去吧。那边没有游客，我们可以很清静，好好儿做些事，照顾好彼此。我们还可以开车去埃克斯，观光塞尚[①]画上的那一带地方。我们过去在那儿待得不够长。”

“我们会过得非常愉快的。”

“你重新开始写作也是时候了，是吗？”

“对。眼下就开始的好。我确信。”

“那太棒了，我要认真地学习西班牙语，为了我们将来再来。而且我得阅读的东西真是多啊。”

“我们有好些事要做。”

“我们还要做那件事。”

---

① 法国画家塞尚（1839—1906）诞生在埃克斯昂普罗旺斯，1858年到巴黎学画，自后常往返于两地之间，最后七年回家乡隐居。作了不少以家乡为题材的风景画。

第三部

第九章

那个新的旅游计划进行了一个月多一点。他们在那座以前待过的又长又矮的玫瑰色普罗旺斯式房子一端占用了三间屋子。它坐落在纳波尔靠近埃斯特雷尔山区的那一边。窗外是大海，他们在这长房子前的花园里的树木下用餐，从那儿能望见空荡荡的海滩、那小河三角洲上高高的纸莎草，海湾对面是白色弧形的戛纳，后面是山丘和一道远山。在夏季，这时在这长房子里无人耽搁，所以主人和他妻子见他们又来很高兴。

他们的寝室是个大房间，在房子的尽头处。它三面有窗，那年夏天很凉快。夜间，他们闻得到松林和大海的气息。戴维在另一头的一个房间内写作。他每天一早就动手，写好了就去找凯瑟琳，两人到岩石间的一个小湾去，那儿有道沙滩，可以晒晒太阳、游游水。有时候凯瑟琳开汽车外出，他写好了就等她，在露台上喝酒。喝了苦艾酒后不作兴喝茴香酒，他就常常喝威士忌加矿泉水。这叫主人高兴，在这萧条的夏季，他采取了守势，但有了这一对伯恩夫妇在，他眼下的生意也不错了。他没雇厨子，他妻子在搞烹调的事儿。有名女仆照管那些房间，还有一个侄子当见习招待，侍候饭桌。

凯瑟琳喜爱开那辆小汽车，常上戛纳和尼斯[①]去买东西，取信件。那些冬季营业的大商店都关着门，但她找得到昂贵的食品和货真价实的酒类，还找到些可以买到书籍杂志的地方。

戴维非常辛苦地写作了四天。他们在一个新找到的小湾的沙滩上的阳光下消磨整个下午，在水里游泳，游到两人都累了，这才在傍晚回去，背上和头发里的海水干成了盐，他们要回去喝杯酒，洗淋浴，换衣裳。

上了床，微风从海上吹进来，很是凉快。他们并肩躺在黑暗中，身上盖着单被，凯瑟琳说，“你说过要我告诉你来着。”

“我记得。”

她俯身在他身上，双手捧住他的头，吻他。“我巴不得干啊。能干吗？可以吗？”

“当然。”

“我真高兴。我有许许多多打算，”她说。“而且这一回我不会一上手就干得太糟和撒野。”

“什么样的打算？”

“我可以讲出来，不过还是做出来的好。我们可以明天做。你愿意陪我去吗？”

“去哪儿？”

“去戛纳，我们上次来这儿时我去过。他是个出色非凡的发型师。我们交了朋友，他比比亚里茨的那个更棒，因为他一听就明白。”

“你干了些什么呀？”

“今儿早上你在写作的时候我去找过他，我作了解释，他仔细察看了一下就明白了，认为会是很好的。我跟他说还没打定主意，但是等我决定了，我要想法让你也把头发剪成那副样子。”

“剪成什么样子？”

---

① 两者都濒地中海，尼斯位于戛纳东北，为法国地中海海岸上两大避暑胜地。

"你就会明白的。我们要一起去。大致是从原来的发线朝后斜剪。他可来劲儿了。我看哪，那是因为他对那辆布加迪车[1]醉心死了。你害怕吗？"

"不。"

"我都等不及了。他当真打算把头发染成浅色，可是我们就怕你兴许会不喜欢。"

"阳光和咸水把头发弄成浅色了。"

"这会浅得多。他说可以把它染得像斯堪的纳维亚人那样浅。想想看，这配上了我们的黑皮肤多好啊。而且我们也能把你的染浅。"

"不要。我会感到不得劲儿的。"

"这儿没有你的熟人，有什么关系呢？反正你整个夏季一直游水，也会变浅的。"

他没有说什么，她就说，"你不必一定要这样做。我们只把我的染浅，说不定你就也会想这样做了。我们走着瞧吧。"

"不要做什么打算，魔鬼。明天我要一早就起来写作，随你爱睡到什么时候都可以。"

"那就也替我写作吧，"她说。"不管是否写到了我使坏的地方，加上一句我多么爱你。"

"我眼下差不多写到那地方了。"

"你可以把它发表吗？再说，把它发表会是坏事吗？"

"我只想把它写出来。"

"有一天能读读吗？"

---

① 这是20世纪20年代的意大利名牌，很昂贵，使这发型师拿他们当贵宾看待。

“如果我有一天把它写成的话。”

“我已经为它感到万分骄傲了，可我们一册也不要出售，一册也不要给书评家，这样就永远不会有剪报，你也永远不会感到不好意思，我们可以始终把它据为己有。”

戴维·伯恩在天亮时醒过来，穿上短裤和衬衫，就走出屋去。微风停息了。海上风平浪静，空气中带有露水和松林的气息。他光着脚在露台上铺的石板地上走到这长房子另一端的那间屋子，走进去，在他写作的桌子边坐下来。窗子头天晚上就给打开了，室内很凉，充满了清晨带来的期望。

他正写到从马德里到萨拉戈萨①那一段路程，他们高速驶进有红色孤山的地区，道路起伏着，小汽车开在当时正尘土飞扬的路上，追上了南方快车，凯瑟琳缓缓地驶过一节又一节车厢、煤水车，然后是司机和火夫，最后是机车的头部，然后随着道路朝左拐，她换挡变速，那列火车钻进一条隧道不见了。

“我追上了它，”她这样说过。“可是它钻进地洞里去了。告诉我，能不能再碰到它。”

他查阅了米什兰地图②，说，“一时还碰不到。”

“那就放它走吧，我们来看看这乡间风光。”道路上坡了，河边有行白杨树，随着这上坡路越来越陡，他感到这车能适应这情况，然后陡坡变成了坦途，凯瑟琳高兴地又换了挡。

后来，他听见花园里传来她的话音，就停了笔。他锁上放手稿本的衣箱，走出房间，随手锁上了门。女仆会用万能钥匙来开门打

① 位于西班牙东北部，为萨拉戈萨省省会。
② 法国人米什兰兄弟于1888年创办制造自行车和马车实心轮胎的工厂，后来发展成轮胎橡胶产品公司，印行多国的公路地图及导游手册。

扫房间的。

凯瑟琳正坐在露台上吃早饭。桌上铺着红白方格的桌布。她身穿在王家水道港买的那件旧条纹衬衫，新近洗过，如今缩小了，颜色褪掉了不少，还穿上了新的灰色法兰绒宽松长裤，还有平底凉鞋。

“你好，”她说。“我不会睡懒觉。”

“你模样真可爱。”

“谢谢你。我觉得很可爱。”

“你打哪儿弄到这条长裤的？”

“我叫人在尼斯做的。出自一个好裁缝之手。还行吗？”

“裁剪得挺出色。看上去挺新。你打算穿着进城吗？”

“不要进城。戛纳正逢淡季。下一年可人人会去的。现在人家都穿着我们的这种衬衫了。它跟裙子一起穿可不行。你不介意，是吗？”

“一点儿也不。这长裤看上去很合适。烫迹线看上去多挺啊。”

早饭后，戴维刮了脸，洗了淋浴，然后穿上条旧法兰绒长裤和渔民衬衫，找出了平底凉鞋，这时候，凯瑟琳穿上件敞领的蓝色亚麻布衬衫和一条厚实的白色亚麻布裙子。

“我们这样穿才好些。即使那长裤在这儿穿很合适，今儿早上穿可太显眼了。留着将来穿吧。”

美发厅里的气氛非常友好随便，不过完全是职业性的。让先生跟戴维年龄差不多，看上去更像意大利人而不大像法国人，他说，“我会照她吩咐的样子剪的。你可同意，先生？”

“我不属于你们协议的范围，”戴维说。“我听你们俩的。”

“也许我们该先在先生头上试试，”让先生说。“免得出什么错儿。”

但是让先生动手万分小心而熟练地剪凯瑟琳的头发了，戴维注视着她那表情严肃的黝黑脸蛋，这张脸撅出在紧围住她脖子的罩布上。她盯着手镜，看梳子把头发提起来，剪刀剪着。此人像雕刻家那样干着，全神贯注而一本正经。“我昨晚一整夜和今儿早晨尽琢磨着这事儿，”发型师说。“如果你不信，先生，我是能理解的。不过这事对我来说，就像你的本行对你一样重要。”

他退后一步，看看剪得式样如何。然后他更快地剪起来，末了把椅子转过来，让大镜子反映在凯瑟琳手拿的小镜子里。

“你要把耳朵上方的头发剪成这副样子吗？”她问发型师。

“随你的意。如果你喜欢，我可以弄得更显豁些。不过，如果我们把它的颜色弄得确实浅些，那会是同样美的。”

“我要浅些，”凯瑟琳说。

他微笑了。“太太和我谈起过这事。可是我说过这必须由先生来决定。”

“先生已经决定了，”凯瑟琳说。

“先生说过希望要浅到什么程度？”

“你有本事弄得怎样浅就怎样浅呗，”她说。

“别这样说，”让先生说。“你必须跟我说清楚。”

“像我那珍珠项链的颜色那样浅，”凯瑟琳说。“你看见过好多次啦。”

戴维走了过来，正看着让先生用一只木调羹在搅一大杯洗发剂。“我用卡斯蒂利亚肥皂①做成这洗发剂，”发型师说。“有点热

① 一种用橄榄油和纯碱做成的硬皂，因原产地西班牙卡斯蒂利亚地区而得名。

的。请到这儿脸盆边来。朝前坐下，”他对凯瑟琳说，“把这块布盖在脑门上。”

“可是这实在算不上是男孩的发式啊，”凯瑟琳说。“我要我们商量好的那种样子。一切都搞得不对头了。”

“这十十足足是男孩的发式嘛。你必须相信我。”

他这时正用那气味很冲的起泡沫的浓洗发剂弄得她头上满是泡沫。

等她的头发洗过并一遍遍地用水漂过了，戴维一看，觉得好像什么颜色也没有了，水穿过头发流下，只显出一种湿漉漉的苍白色。发型师拿条毛巾覆在头发上，轻轻地擦着。他非常有把握。

“别灰心丧气，太太，”他说。“我凭什么要干出破坏你的美的事儿来呢？”

“我的确灰心丧气了，弄得一点也不美了。”

他轻轻擦干她的头发，然后把毛巾依然按在她头上，拿来一只用手操作的电吹风，动手一边把头发朝前梳，一边吹干它。

“现在看仔细了，”他说。

热风穿过她的头发吹着，湿漉漉的黄褐色头发变成北欧人的闪着亮的银白色了。随着电吹风发出的风穿过头发，他们看着它改变颜色。

“你不该感到失望，”让先生说，没有说“太太”，跟着想起来了。“太太不是曾要求把头发染成浅色的吗？”

“这颜色比珍珠色更好，”她说。“你真了不起，我刚才真要不得。”

跟着他从一只瓶里倒出一点什么东西在手上，两手搓着。“我来把这东西轻轻擦上，”他说。他兴高采烈地对凯瑟琳笑笑，把双手轻巧地在她头上捋。

凯瑟琳站起身来，万分严肃地望着镜中自己的影子。她的脸蛋从没这样黑过，而她头发的颜色像小白桦树的树皮。

“我太喜欢了，”她说。“太喜欢了。”

她紧盯着镜子，仿佛从没见过她正望着的那个姑娘。

“现在该轮到先生了，”发型师说。“先生愿意这样剪吗？这发式完全是老式的，可是也很像运动员的派头。”

“就这样剪吧，”戴维说。“我想我已经有一个月没理发了。”

“请把它剪得和我的样子一样，”凯瑟琳说。

“不过要更短些，”戴维说。

“不。请剪得完全一样。”

等理好了头发，戴维站起身来，伸手在头上摸了一遍。觉得凉快而舒服。

“你不想让他把颜色弄浅吗？”

“不想。我们在一天中看到的奇迹已经够多了。”

“稍微浅一点儿？”

“不。”

戴维看看凯瑟琳，然后看着镜子中自己的脸。他的脸色跟她的一般棕黑，发式正是她的那种。

“你当真巴不得要这样吗？”

“对，我要，戴维。当真。试试看，只消把它弄浅一点儿。请吧。”

他朝镜中再看了一眼，然后走过去，坐下来。发型师望望凯瑟琳。

“动手干吧，”她说。

第十章

旅馆主人正坐在长房子前露台上的一张桌子边，桌上有一瓶酒、一只酒杯和一只空咖啡杯，他在看《尼斯尖兵报》，这时那辆蓝色汽车在砂砾道上猛地开来，凯瑟琳和戴维下了车，顺着石板路走上露台。他想不到他们回来得这么早，差一点睡着了，但他就站起身来，等他们来到面前时，把首先想到的话说了出来。

“Madame et Monsieur ont fait décolorer les cheveux. C’est bien.”①

“Merci Monsieur. On le fait toujours dans le mois d’août.”②

“C’est bien. C’est très bien.”③

“这样好，”凯瑟琳对戴维说。“我们是好主顾。凡是好主顾做的事都是非常好的。你非常好。我的天，你就是好。”

到了房间里，海上正吹来适宜扬帆出航的好风，室内很凉快。

“我喜欢这件蓝衬衫，”戴维说。“就这样穿着它站着吧。”

“这是那汽车的颜色，”她说。“假使不穿裙子会不会更好看？”

“不穿裙子，什么衣服穿在你身上都更好看，”他说。“我要出去，找那只老山羊，做个更好的主顾。”

他带了一桶冰块回来，桶里放着一瓶香槟，这是主人替他们订购的，但他们实在是难得喝的，他另一只手托着一只放有两只酒杯的小托盘。

“这该是对他们好好提出的警告，”他说。

“我们一向用不着喝这个的，”凯瑟琳说。

“我们可以尝尝嘛。用不着十五分钟就能冰好。”

“别逗了。请上床吧，让我看看你，摸摸你。”

她正拉起他的衬衫，从头上褪下来，他站起身来帮她。

等她睡着了，戴维爬起身来，到浴室的镜子前看自己的影子。他捡起一把发刷，刷自己的头发。除了顺着剪成的发式刷，没有其他办法。否则头发会被弄得很乱，但是总会回复那个样子，而它的颜色跟凯瑟琳的一样。他走到房门口，看看躺在床上的凯瑟琳。然后他走回来，捡起她的那面大手镜。

“原来是这么回事，”他对自己说。“你啊，把头发搞成这副模样，让它给剪得跟你姑娘的一个样，那你感到怎么样？”他对镜子问。“你感到怎么样？说呀。”

“你很喜欢，”他说。

他望着镜子，看到的是另外一个人，不过现在已不太陌生了。

“好吧。你很喜欢，”他说。“现在不管怎么样都要坚持到底，永远不要说是别人引诱你的，或者别人蒙了你。”

他望着这张已一点也不再使他觉得陌生的脸，认为的确是他自己的脸了，就说，“你很喜欢。记住这一点。别再弄错了。你现在可确实知道自己是什么模样，感觉怎么样了。”

当然啦，他并不确实知道自己感觉怎么样。可是他凭着在镜中看到的模样的帮助，竭力想弄明白。

---

① 法语：“太太和先生把头发的颜色染浅了。这样好。”
② 法语：“谢谢，先生。在八月份人们往往会这么做。”
③ 法语：“这样好。非常好。”

他们当晚在那长房子前的露台上吃晚饭，感到非常激动，两人默默无言，在桌上有罩台灯的灯光中彼此望着，总是看不够。晚餐后，凯瑟琳对端咖啡来的那大孩子说，“请到我们房里把那只冰香槟的桶找来，再冰上一瓶。”

“需要再来一瓶吗？”戴维问。

“我看用得着。你不这样想吗？”

“当然要。”

“你可以不必要。”

“你要来杯法国白兰地吗？”

“不。我情愿喝那种葡萄酒。你明天非写作不可吗？”

“到时候再说吧。”

“请写吧，如果你想写的话。”

“那么今夜呢？”

“到时候再安排吧。这一天可真够呛。”

夜间，一片漆黑，起风了，他们听得见松林中的风声。

“戴维？”

“嗯。”

“你好吗，姑娘？”

“我很好。”

“让我摸摸你的头发，姑娘。是谁剪的？是让吗？剪掉了这么多，显得这么紧凑，跟我的一个样。我来吻你吧，姑娘。啊，你的嘴唇多可爱。闭上你的眼睛，姑娘。”

他没有闭上他的眼睛，但是房间里很黑，外边树林里风刮得正猛。

“你知道，如果你真是个姑娘，要做个姑娘可不大容易。如果你真有所感受的话。”

“我知道。”

“谁也不知道。你做我的姑娘时，我才这样告诉你。这可不是说你的欲望是无法满足的。我是极容易满足的。我只是说有些人感觉得到，而有些人感觉不到。依我看，人们关于这个常常说谎。不过光是摸摸你，搂搂你，就妙不可言。我快活极了。就做我的姑娘吧，用我爱你的方式来爱我。更深地爱我吧。照你现在能做到的这样。你现在这样。是的，你。请吧，你。”

他们正一路下坡朝戛纳驶去，等开到平原上，绕过那些没人影的海滩时，风刮得很大，长得高高的草给吹弯了，平伏在地上，这时他们跨过河上的桥梁，在快到镇子的末一段快车道上加速前进。戴维找出那瓶酒，它还很凉，包在毛巾里，他喝了好一会儿，感到汽车把写作工作抛在后面，离它而去，随着这黑色路面上坡，登上一小片高地。这天早晨他没有写作，这时她驾车使两人穿过镇子，又驶上乡野，他打开酒瓶的瓶塞，又喝了一口，把酒瓶递给她。

“我用不着喝酒，”凯瑟琳说。“我感觉好极了。”

“很好啊。”

他们驶过有家好酒店和露天小酒吧的儒安湾，然后穿过松林，沿着朱安莱潘未经整修的黄色沙滩行驶。他们在这黑色快车道上跨过那个小半岛，开进昂蒂布①，傍着铁道行驶，然后穿出该城，开过海港和那古老的防御工事的方塔，又驶上开阔的乡野。“这段路总是不耐开，”她说。“我总是很快就把它吃掉了。”

他们停下车，在一堵旧石墙背风处吃午饭，那石墙是什么建筑

---

① 昂蒂布在戛纳以东，是法国地中海海岸又一著名避暑胜地。

废墟的一部分，就在一道从山间流出、穿过荒凉的平原一路流向海洋的清溪旁边。风穿过山间一个漏斗状的缺口强劲地吹来。他们在地面铺上一条毯子，紧挨在一起坐着，背靠着墙，越过荒芜的土地眺望被风吹刮着的平展展的大海。

“这地方可不大值得来玩，”凯瑟琳说。“我不记得当初料想会是怎么样的了。”

他们站起身来，抬眼望着山丘，只见山坡上悬着一个个村庄，后面有道灰紫色的山脉。风抽打着他们的头发，凯瑟琳指指一条山路，她开车到那高原地区曾经走过。

“我们原可以到那边高地上的什么地方去的，”她说。“但是那地方太闭塞，不过倒是风光如画。我讨厌这些悬在半空中的村庄。”

“这是个好地方，”戴维说。“这是条好溪流，这墙也不能再好了。”

“你存心在讨好。用不着这样的。”

“这里避避风挺好，我喜欢这地方。我们就要告别那一大片风光如画的景色了。”

他们吃着有馅的蛋、烤子鸡、泡菜、新鲜的长面包，他们把面包掰成小块，涂上索伏拉芥末酱，还喝了玫瑰红葡萄酒。

“现在觉得好过了？”凯瑟琳问。

“是啊。”

“那你没感到不快？”

“对。”

“连对我说过的什么话也没感到不快？”

戴维喝了一口葡萄酒说，“对。我想也没想过。”

她站起身，迎风朝前望，以致风把她的毛线衫吹得紧贴在她乳房上，并抽打着她的头发，跟着她低头望着他，棕黑的脸上绽出笑容。然后她掉过头去，朝被风吹得平伏起皱的海面眺望。

“我们去戛纳弄些报纸，在咖啡馆里看吧，”她说。

“你想引人注目。”

“干吗不呢？这是我们俩第一次一起出游啊。我们去，你介意吗？”

“不，魔鬼。干吗要介意呢？”

“如果你不愿意，我就不想去。”

“你说过想去来着。”

“我要做你愿意做的事。我不可能比这样更迁就了，是吗？”

“没人要你迁就啊。”

“我们可以住口了吗？我今天只想乖乖的。干吗要把什么都糟蹋呢？”

“我们把这些东西都吃了就走吧。”

“去哪儿？”

“什么地方都行。那天杀的咖啡馆。”

他们在戛纳买了几份报纸和一份新出版的法国版《时尚》杂志，还有《法兰西猎人》月刊和《体育镜报》[①]，坐在咖啡馆门前一张背风的桌子边，看看报刊，喝喝酒，又和好如初了。戴维喝的是装在三面有凹痕的瓶中的黑格牌威士忌加矿泉水，凯瑟琳喝阿马涅克白兰地加矿泉水。

两个姑娘开车过来，在路上停下，走到咖啡馆，坐下来，要了一杯尚贝里黑醋栗甜酒和一杯兑苏打水的白兰地。喝白兰地的是两

① 这两种是法国出版的法文报刊。

人中的那个美人儿。

“这两位是谁？”凯瑟琳说。“你可知道？”

“从没见过。”

“我见过。她们一定就住在附近的什么地方。我在尼斯见过她们。”

“其中一个姑娘长得俊，”戴维说。“她还长着双美腿。”

“她们是姐妹俩，”凯瑟琳说。“她们俩都实在好看。”

“那一个可是个美人儿。她们不是美国人。”

那两个姑娘正在争论，凯瑟琳就对戴维说，“我看这场口角还挺凶呢。”

“你怎么知道她们是姐妹？”

“我在尼斯时就认为她们是姐妹。现在可吃不准了。那辆汽车挂的是瑞士牌照。”

“是辆伊索塔牌[①]旧车。”

“我们要等着瞧下文吗？好久没见过什么活剧啦。”

“我看不过是一场意大利式的大口角吧。”

“该是越来越严重了，因为声音放轻了。”

“就会发作起来的。那一个真是俊得要命。”

“对，她真俊。现在她走过来啦。”

戴维站起身来。

“对不起，请原谅我，”那姑娘用英语说。“请坐下吧，”她对戴维说。

“你坐下好吗？”凯瑟琳问。

“我不能。我的朋友正对我发火呢。可是我跟她说你们会理解

---

① 这也是当时的意大利名牌。

的。你们会原谅我吗？”

“我们该原谅她吗？”凯瑟琳对戴维说。

“我们原谅她吧。”

“我早知道你们会理解的，”姑娘说。“只不过是想打听一下你们的头发在哪儿理的。”她脸红了。“要不，就像做衣服那样自己复制的？我朋友说这样问更是唐突无礼。”

“我给你把地址写下来，”凯瑟琳说。

“我真感到害臊，”姑娘说。“你不见怪？”

“当然不，”凯瑟琳说。“陪我们喝一杯可好？”

“我不能。问问我那朋友好吗？”

她回到她的桌子边，待了一会儿，两人狠狠地交换意见，时间不长，调门很低。

“我的朋友非常遗憾，她不能过来，”姑娘说。“不过我希望我们还会见面。你们待我真好。”

“你怎么说？”等那姑娘回到了她朋友身边，凯瑟琳说。“因为这是在一个刮风天发生的。”

“她会回来问你的宽松长裤在哪儿做的。”

另外那张桌子边还在争论。过了一会儿，她们俩站起身，走过来。

“我来介绍我的朋友。”

“我叫尼娜。”

“我们姓伯恩，”戴维说。“太高兴了，你们来陪我们坐。”

“你们真客气，让我们过来一起坐，”那长得俊的说。“这样做是很冒失的。”她脸红了。

“这叫我受宠若惊，”凯瑟琳说。“那人可是个挺出色的发型师。”

“一定是的，”那长得俊的说。她讲起话来有点上气不接下气，而且她又脸红了。“我们在尼斯见过你，”她对凯瑟琳说。“我当时就想跟你说话来着。我是说想问问你。”

她不可能再脸红了，戴维想。但她又脸红了。

“你们哪一位要理发？”凯瑟琳问。

“我要，”那长得俊的说。

“我也要，笨蛋，”尼娜说。

“你刚才还说不要。”

“我改变主意了。”

“我真的要，”那长得俊的说。“我们该走了。你们常来这咖啡馆？”

“有时候来，”凯瑟琳说。

“那我们希望有机会再见到你们，”那长得俊的说。“再见，谢谢你们这样客气。”

两个姑娘走到她们的桌子前，尼娜叫来招待，她们付了账就走了。

“她们不是意大利人，”戴维说。“那一个挺好，不过她红起脸来可以叫你神经紧张。”

“她爱上你了。”

“当然。她在尼斯也看到了我。”

“得，如果她对我有好感，我也没办法。这姑娘也不是第一个了，对她们好处可多着哪。”

“尼娜怎么样？”

“这条母狗，”凯瑟琳说。

“她是条狼。我看会是很逗的。”

“我可没想过有什么可逗的，”凯瑟琳说。“我原以为这是可悲的。”

“我也这样想过。”

“我们可以另找一家咖啡馆，”她说。“反正她们已经走了。”

“她们多怪啊。”

“我知道，”她说。“我也觉得是这样。不过那一个姑娘不错。她长着双美丽的眼睛。你留意到了？”

“可她怪会脸红的。”

“我喜欢上她了。你没有吗？”

“我看是这样吧。”

“不会脸红的人可一钱不值。”

“尼娜脸红过一次，”戴维说。

“我原该对尼娜挺不客气的。”

“这可伤害不了她。”

“对。她自我保护得可好呢。”

“你想再喝一杯才回去吗？”

“用不着。不过你来一杯吧。”

“用不着。”

“再来一杯吧。你通常在傍晚喝两杯。我来一小杯陪陪你。”

“不。我们回去吧。”

夜间，他醒过来，听到狂风刮得正紧，就翻身把单被拉得盖住了肩膀，又闭上眼睛。他感觉到她在喘气，就又闭上了眼睛。他感觉到她呼吸得又轻柔又均匀，然后又睡着了。

第十一章

这是刮风的第二天，风势没有减弱。他搁下了一直在写的关于他们这次旅行的游记，动笔写一篇四五天前想起来的短篇小说，它也许是，他想，在最后两夜的睡梦中酝酿起来的。他明知道打断手边在干的任何工作是不妥的，但是很有信心，知道自己进行得多么顺利，认为可以放下这较长的游记来写这篇他认为必须眼前就写、否则就会想不起来的短篇小说。

这一篇一开始就毫无困难，凡是酝酿成熟、随时可以写出的短篇小说都是这样，等他写好了半篇，他知道可以停下笔来，留待第二天再写。如果等他休息一下之后还摆脱不了它的话，他会一鼓作气地完成它。但他希望能摆脱它，第二天重新开始写。这是篇出色的短篇小说，他这时想起了曾打算写得多长。这篇小说不是在过去那几天里在他头脑里形成的。关于这一点，他记得不正确。他想起的只是必须把它写出来。他如今知道这篇小说该怎样结尾了。他始终记得那些被风沙擦净的尸骨，可是这时都在他脑中消失了，他正在把这一切虚构出来。这一切这时都是真实的，因为他写着写着，这一切都出现在他眼前，只是那些尸骨都死寂了，给散落在他身后了。这故事如今从东非农场上那桩坏事开始写起，他非写不可，而他已沉浸在写作中了。

他写得累了，但感到愉快，这时看到了凯瑟琳留下的便条，写着她不愿打扰他，一个人出去了，要回来吃中饭的。他走出房去，吩咐送早饭来，在等待时，旅馆主人奥罗尔先生走进来，两人谈起天气来。奥罗尔先生说有时候风是向这边吹的。这还不是真正的密史脱拉风，这季节保证不会有，不过风兴许会刮上三天。天气现在都离了谱。先生无疑注意到了。如果有人一直关心着天气的动向，就会看出自从大战[1]以来从没正常过。

戴维说他无法一直关心天气的动向，因为他在旅行，可是毫无疑问，天气真是很怪。不但天气，奥罗尔先生说，样样东西都变了，而还没有变的呢，都很快地开始在变。也许这是桩大好事，一切都在向好的方面发展，拿他来说，可并不反对。先生，你是个见过世面的人，大概也这样看吧。

毫无疑问，戴维说，想找一句能干脆结束交谈的蠢话，就说有必要把种种规章制度加以审核。

确实如此，奥罗尔先生说。

他们谈到这里就打住了，戴维喝光了牛奶咖啡，看着《体育镜报》，惦念起凯瑟琳来。他走进房间，找出《遥远的地方与遥远的时光》[2]，走出到露台上，在桌子边阳光下吹不到风的地方安坐下来，看这本讨人喜欢的书。凯瑟琳写信到巴黎的加利尼亚尼书店购买登特出版社出的这套集子，当礼物送给他，当这些书寄来时，他感到确实富有了。自从在王家水道港待过后，他银行存款结余的数字，法郎和美元的账目，都显得完全虚无缥缈了，他根本不把它们看作是真正的金钱。但是威·亨·赫德森的那些作品使他感到富有，他把这一点告诉凯瑟琳，她高兴极了。

他看了一小时书，开始惦念凯瑟琳，惦念得厉害，就去找那个

---

① 指第一次世界大战。

② 这是诞生于阿根廷的英国作家威·亨·赫德森（1841—1922）于1918年发表的自传性作品，写他在阿根廷的童年生活。他是个多产作家，全集有二十四卷之多。小说中有以南美洲为背景的《绿色寓所》和《紫色大地》，为他的代表作。

侍候饭桌的大孩子，要他送杯兑矿泉水的威士忌来。后来他又来了一杯。等他听到汽车开上山来的声音，已经早过吃午饭的时间了。

她们顺着走道走来，他听到她们的讲话声。她们谈得又兴奋又愉快，跟着那姑娘一下子沉默了，凯瑟琳说，“瞧我给你带来了什么人。”

“请原谅，我知道是不该来的，”那姑娘说。她正是他们头天在咖啡馆里结识的两人中那个黝黑的俏姑娘；爱脸红的那个。

“你好？”戴维说。她明摆着去过那发型师的店里，头发已经剪短，就像凯瑟琳当初在比亚里茨的那种样子。“我看你找到了那个地方。”

姑娘脸红了，望着凯瑟琳，想壮壮胆。

“瞧她，”凯瑟琳说。“去把她的头发弄弄乱吧。”

“凯瑟琳啊，”姑娘说。接着对戴维说，“想弄乱就干吧。”

“别害怕，”他说。“你看你自己陷进什么麻烦了？”

“我说不上，”她说。“我能到这里来就感到怪高兴了。”

“你们两个去了什么地方？”戴维问凯瑟琳。

“当然去了让的店里啦。后来我们停了车，喝了杯酒，我还问玛丽塔可愿意来吃中饭。难道你看到我们不乐意？”

“我很高兴。你们再来一杯好吗？”

“你肯调马提尼酒吗？”凯瑟琳问。“喝一杯对你没害处，”她对姑娘说。

“不，谢谢你。我得开车。”

“想来杯雪利酒吗？”

“不，谢谢你。”

戴维走到吧台后，找到酒杯和一些冰，调制了两杯马提尼酒。

“我来尝尝你的可好，”姑娘对他说。

“你现在不怕他了，是不？”凯瑟琳问她。

“一点也不怕了，”姑娘说。她又脸红了。“味道好极了，可是劲儿太大。”

“劲儿是很大，”戴维说。“不过今儿的风也劲儿很大，我们喝酒跟这风合拍。”

“噢，”姑娘说。“美国人都这样做的吗？”

“只有那些最古老的世家才这样做，”凯瑟琳说。“我们、摩根家族、伍尔沃思家族、杰尔克斯家族、朱克斯家族[①]。你明白了。”

“在暴风雪中和刮飓风的那几个月里，天气很恶劣，”戴维说。“有些时候我拿不准我们到底能不能熬过秋分。”

“等我不用开车了，倒很想有时候来一杯，”姑娘说。

“你不必因为我们喝就也喝，”凯瑟琳说。“再说，别计较我们一天到晚说笑话。瞧她，戴维。我带她来了。难道你不乐意？”

“我喜欢你们说笑话，”姑娘说。“你们得原谅我，我在这儿竟这么开心。”

“你肯来真好，”戴维说。

他们到餐厅里风吹不到的地方吃中饭，戴维问，“你那朋友尼娜怎么啦？”

“她走了。”

“她长得俊，”戴维说。

“是啊。我们大吵了一场，她就走了。”

---

① 约·皮·摩根(1837—1913)靠办银行起家，成为美国主要金融家之一，并成为铁路业巨子。弗兰克·伍尔沃思(1852—1919)从办“五分、一角商店”开始，进而在美国和加拿大大办百货连锁零售店，于1913年在纽约兴建伍尔沃思大楼，成为大百货公司巨子。朱克斯家族世代居住于纽约州乡下，由于近亲通婚，素质越来越差，130年来有不少子孙堕落为罪犯。

“她是条母狗，”凯瑟琳说。“不过说起来，依我看几乎人人都是母狗。”

“她们通常是这样，”姑娘说。“我老是希望不是这样，可她们就是这样。”

“我知道有不少女人并不是母狗，”戴维说。

“对。你该知道的，”姑娘说。

“尼娜快活吗？”凯瑟琳问。

“我希望她快活，”姑娘说。“我知道，聪明人要快活是桩最难得的事儿。”

“你倒没花多长时间就发现了这一点。”

“你如果常犯错误，就能较快地发现，”姑娘说。

“你整个上午都很快活，”凯瑟林说。“我们玩得愉快极了。”

“你不用告诉我，”姑娘说。“我现在比我想得起来的任何时候更快活。”

后来吃色拉时，戴维问那姑娘，“你耽搁在这海岸边很远的地方吗？”

“我可不想待下去。”

“当真？这可太糟了，”他说，感到桌子上出现了紧张气氛，紧张得像根绷紧的系船索。姑娘阖着眼，睫毛触及了脸颊，他把目光从她脸上移开，看见凯瑟琳正直勾勾地望着他说，“她就要回巴黎去，我就说，如果奥罗尔有空房间的话，为什么不就在这儿住下？过来吃中饭吧，看戴维会不会喜欢你，你会不会喜欢这地方。戴维，你喜欢她吗？”

“这不是家俱乐部，”戴维说。“是家旅馆。”凯瑟琳望开去，他就马上给她帮腔，做得好像刚才那句话没有说似的。“我们非常喜欢你，而且我看奥罗尔肯定有空房间。有别的人来住下，他该会感到高兴的。”

姑娘坐在桌边，两眼朝下望着。“我想还是不住下的好。”

“请你待上几天吧，”凯瑟琳说。“戴维和我都喜欢有你在一起。他写作时，我在这儿没人作伴。我们会像今儿早上那样过得开开心心的。跟她说呀，戴维。”

让她见鬼去吧，戴维想。操她。

“别犯傻了，”他说。“请把奥罗尔先生叫来，”他对侍候他们的那个大孩子说。“我们来问问有没有房间。”

“你真的不介意吗？”姑娘问。

“如果我们介意，就不会对你开口了，”戴维说。“我们喜欢你，你长得非常美观。”

“如果做得到，我会对你们有好处的，”姑娘说。“我希望能弄明白怎样才能有好处。”

“保持你走进来时的那副模样吧，”戴维对她说。“这样就有好处了。”

“我现在就是这样，”姑娘说。“既然不用开车了，倒希望刚才喝了那杯马提尼酒。”

“你今晚可以喝上一杯，”凯瑟琳说。

“那敢情好。我们现在就去看看房间，把事情解决了好吗？”

戴维开车带她到戛纳那家咖啡馆前去取回那辆停在那儿的旧伊索塔牌大敞篷汽车和她的行李。

在路上，她说，“你妻子真了不起，我爱上她啦。”

她就坐在身边，戴维没有扭头去看她是否脸红了。

“我也爱着她，”他说。

“我也爱上了你，”她说。“这样行吗？”

他放下胳臂，伸手握住她的肩膀，她就紧紧靠在他身上。

“这个，我们得走着瞧，”他说。

“很高兴我个儿比较小。”

“比谁小？”

“凯瑟琳，”她说。

“这样说可真狂啊，”他说。

“我是说，我想你兴许喜欢像我这种身材的人。要不，你只在乎高挑的姑娘？”

“凯瑟琳可不是个高挑的姑娘。”

“当然不是。我只是说我没那么高挑。”

“是啊，可你也非常黑。”

“对。我们在一起会是很好看的。”

“谁呀？”

“凯瑟琳跟我，还有你跟我。”

“我们哪能不这样。”

“这是什么意思？”

“我是说，如果我们长得好看，又在一起的话，那么我们在一起怎么会不好看呢？”

“我们眼下就在一起啊。”

“不。”他只用一只手挡着驾驶盘在开车，身子朝后靠着，目光顺着前面的道路直望到它和七号公路的交叉处。她已把一只手搭在他身上。“我们不过同乘一辆车罢了，”他说。

“可是我感觉到你喜欢我。”

“对。我在这方面挺可靠，可是并不说明什么问题。”

“这确实说明一些问题。”

“不过就是表面上的意思嘛。”

“这样说非常好，”她说罢就不说什么了，也没有挪开她的那只手，直到他们拐上林荫大道，在停在咖啡馆前那些老树下的那辆伊索塔牌弗拉斯契尼型旧车后面停下来。她这才对他笑笑，走下这辆蓝色小汽车。

后来在这还刮着风的松林中的旅馆内，凯瑟琳把那姑娘安顿在她订下的两间房里，终于走进自己的房间，和戴维单独在一起。

“我看她会住得很舒适的，”凯瑟琳说。“当然，除了我们这间房以外，要数另一头你写作的那一间最好了。”

“我可要保留下来，”戴维说。“我干得挺好，才不愿为了一条进口的母狗换间工作室呢！”

“你干吗这样凶？”凯瑟琳说。“谁要求你放弃它来着。我不过说它是最好的罢了。不过它隔壁的那两间也很好派用场。”

“这姑娘到底是什么人？”

“别这样凶嘛。她是个好姑娘，我喜欢她。我知道没跟你打招呼就把她带来是不可原谅的，我很抱歉。可是我已经干了，无法挽回了。我原以为你会赞成让我有个叫人愉快而有吸引力的人做朋友，可以在你写作的时候一起出去玩玩。”

“如果你需要有个伴，我是赞成的。”

“我并不需要什么伴。我不过碰上了一个我喜欢的人，以为你也会喜欢，让她在这儿待一阵子会叫人愉快。”

“可她是什么人呀？”

“我没有检查过她的证件。你觉得必要，自己去盘问她吧。”

“得，她至少是很美观的。可她是属于谁的？”

“别粗鲁无礼。她不属于任何人。”

“给我讲实话吧。”

“好吧。她爱上了我们俩，除非我发疯了。”

"你可不疯。"

"也许眼下还不。"

"那么问题在哪儿呢?"

"我不想弄懂,"凯瑟琳说。

"我也不想弄懂。"

"真有点奇怪,而且有趣。"

"我不想弄懂,"戴维说。"想去游水吗?我们昨天错过了机会。"

"我们去游水吧。要问她去不去吗?只是出于礼貌而已。"

"那我们就得穿游泳衣了。"

"这样刮着风,穿穿也无所谓。今天可不是躺在沙滩上晒黑皮肤的日子。"

"跟你一起游水,我讨厌穿游泳衣。"

"我也这样。可是兴许明儿风会停下来。"

于是由戴维驾驶那辆旧的伊索塔牌大汽车,开上往埃斯特雷尔的大路,有几次急刹车,他感到不舒服,骂出口来,还发现那发动机急需检修。他们三个就这么坐在一起,凯瑟琳说,"有两三个小湾,只有我们俩游水时,我们不穿游泳衣。只有这样才能真正晒黑。"

"今天可不是晒黑皮肤的好日子,"戴维说。"风太大了。"

"你高兴的话,我们还是可以不穿游泳衣的,"凯瑟琳对姑娘说。"如果戴维不介意的话。也许会是有趣儿的。"

"我喜欢不穿,"姑娘说。"你介意吗?"她问戴维。

晚上,戴维调了几杯马提尼酒,那姑娘说,"日子老是过得像今天这样精彩吗?"

"这一天过得真愉快，"戴维说。凯瑟琳还没从他们俩的房间里走出来，他跟那姑娘正坐在小吧台前，那是奥罗尔先生上一冬在这普罗旺斯式大房间一角设置的。

"我喝了酒，就想说些我绝对不该说的话，"姑娘说。

"那就别说。"

"那么喝酒有什么好处呢？"

"酒的用处不在这些方面。你还只喝了一杯。"

"我们游水时你觉得窘吗？"

"不。我该觉得窘吗？"

"不，"她说。"我喜欢看你。"

"这敢情好，"他说。"这马提尼酒怎么样？"

"酒性很烈，可我喜欢。你和凯瑟琳从没跟别人一起这样游过水？"

"没有。干吗该这样做呢？"

"我要真正晒成棕色。"

"我相信你能做到。"

"你还是情愿我并不给晒成深棕色？"

"你的肤色挺好。高兴的话，把全身都晒成这种颜色吧。"

"我原以为你也许喜欢你的一个姑娘比另一个肤色浅一点儿呢。"

"你不是我的姑娘。"

"我正是，"她说。"我告诉过你了。"

"你不再脸红了。"

"我们去游水的时候，我克服了这毛病。我希望就此有好长时间不会脸红。所以我把什么都说出来了——为了克服这毛病。所以我告诉了你。"

“你穿着这件开司米毛线衫很好看，”戴维说。

“凯瑟琳说过要我们俩都穿这个。我告诉了你，你不讨厌我？”

“我忘了你告诉过我什么了。”

“我说过我爱你。”

“别讲蠢话。”

“难道你不相信人们会碰到这种情况？就像我对你们俩都产生了感情？”

“你不会一下子爱上两个人的。”

“你不了解，”她说。

“这是蠢话，”他说。“不过是种说法罢了。”

“压根儿不是。这是真话。”

“不过是你自以为这样罢了。这是胡说八道。”

“好吧，”她说。“这是胡说八道。可我人在这儿啊。”

“对。你人在这儿，”他说。他正注视着凯瑟琳从房间另一头走过来，她笑吟吟的，心情愉快。

“喂，两位游泳者，”她说。“唉，真可惜。我没能赶上看玛丽塔第一次喝马提尼酒。”

“这第一杯还没喝完呢，”姑娘说。

“对她起了什么作用，戴维？”

“使她尽讲蠢话。”

“我们再来一杯吧。你真好，使这酒吧恢复了生气。这真有点儿像是暂时性的玩意儿。我们要给它安上面大镜子。吧台没大镜子是不行的。”

“我们明儿就去买一面，”姑娘说。“我想由我来买。”

“别摆阔啦，”凯瑟琳说。“我们俩一起去买来，这样我们讲蠢话时就能看得见彼此，明白蠢话讲到了什么程度。你是骗不了吧台后边的大镜子的。”

“等我在一面镜子里看起来犹疑不决时，我就知道自己失势了，”戴维说。

“你从来不会失势。有了两个姑娘，你哪能失势？”凯瑟琳说。

“我刚才就想跟他这么说来着，”姑娘说，那一晚第一次脸红了。

“她是你的姑娘，我也是你的姑娘，”凯瑟琳说。“得，别摆架子了，待你的两个姑娘好些吧。难道你不喜欢她们的模样？我是你娶的非常美丽的那一个。”

“你比我娶的那个更黑也更美。”

“你也是这样，所以我带一个黑姑娘来送给你。难道你不喜欢这份礼物[①]？”

“我非常喜欢这份礼物。”

“你可喜欢你的未来？”

“我不知道我的未来会怎么样。”

“这未来并不黝黑，是不？”那姑娘问。

“好极了，”凯瑟琳说。“她不但美丽、有钱、健康而多情，她还会说笑话。难道你对我给你带来的人儿不感到高兴？”

“我情愿做一份黝黑的礼物，可不愿是个黝黑的未来，”姑娘说。

“她又来了，”凯瑟琳说。“吻她一下，戴维，送她一份美好的礼物[②]。”

---

① 这是双关语，因礼物原文为 present，也可解作“现在”，所以下文谈到“未来”。

② 玛丽塔又讲双关语了。上文的“黝黑的礼物”和此处的“美好的礼物”中的“礼物”一词都可解作“现在”。

戴维伸出一臂搂住姑娘，吻她，她也吻起他来，但就把头扭开了。接着她低下头哭了，双手把住了吧台。

“说句精彩的笑话吧，”戴维对凯瑟琳说。

“我没事，”姑娘说。“别对我看。我没事。”

凯瑟琳伸出一臂搂住她，吻她，抚摸她的头。

“我就会好的，”姑娘说。“请原谅，我知道我就会好的。”

“真是对不起，”凯瑟琳说。

“请让我走吧，”姑娘说。“我得走了。”

等姑娘走了，凯瑟琳回到吧台前，戴维说，“怎么啦。”

“你不必说出口来，”凯瑟琳说。“对不起，戴维。”

“她会回来的。”

“你不以为这是弄虚作假的一套，是不？”

“那眼泪可是真的，不知你是否指这个。”

“别说蠢话。你可不蠢啊。”

“我吻她吻得非常小心。”

“着。吻在嘴上啊。”

“你指望我吻她的什么地方？”

“你没问题。我又没有批评你。”

“很高兴，我们在海滩上时，你没有要求我吻她。”

“我想过来着，”凯瑟琳说。她哈哈笑了，光景又像有人介入他们的生活前的旧日子了。“你想到过我就要提出吗？”

“我想到了你会这样，所以一头扎进了水中。”

“你干得好。”

他们又哈哈笑了。

“得，我们高兴起来了，”凯瑟琳说。

“感谢上帝，”戴维说。“我爱你，魔鬼，不过实在我吻她倒不是为了要搞那一套。”

“这你不必跟我说，”凯瑟琳说。“我看清楚了。吻得很糟。”

“但愿她走。”

“别没有良心啦，”凯瑟琳说。“我可的确鼓励她来着。”

“我当时可竭力不这样做。”

“是我怂恿她来逗你的。我来去找她。”

“不。等一会儿再说。她太自信了。”

“你怎么能这样说，戴维？你刚把她全搞垮啦。”

“我没有。”

“那么有些什么把她搞垮了。我要去把她找来。”

然而用不着这样做了，因为那姑娘回到他们正站在那儿的吧台前来了，涨红了脸说，“对不起。”她的脸洗过了，她还梳了头发，她走到戴维面前，倏地亲了一下他的嘴，说，“我喜欢这份礼物[①]。有人喝了我那杯酒吗？”

“我把它倒掉了，”凯瑟琳说。“戴维会再调一杯的。”

“希望你依旧喜欢同时有两个姑娘，”她说。“因为我是你的，我也要成为凯瑟琳的。”

“我不会中意姑娘家的，”凯瑟琳说。说得非常轻，她的嗓音在她本人或戴维听来都不大对头。

“从来不吗？”

“从没中意过。”

“我可以做你的姑娘，如果你多咱想要的话，而且也做戴维的。”

“难道你不以为要这么做任务太艰巨？”凯瑟琳问。

---

① 又可解作“我的现在”。

“所以我到这儿来了，”姑娘说。“我早就想这正是你想要的呢。”

“我从没搞过姑娘，”凯瑟琳说。

“我太蠢了，”姑娘说。“我以前不知道。是真的吗？你不是在拿我开玩笑？”

“我并不在拿你开玩笑。”

“真不知道我怎么会这么蠢，”姑娘说。她是想说搞错了，戴维想，而且凯瑟琳也这么想。

当晚在床上，凯瑟琳说，“我绝对不该让你给卷进这事儿的。一点儿也不该。”

“但愿我们从没见过她。”

“也许会是个更糟的人儿哪。也许最好还是一干到底，然后就那么摆脱算了。”

“你可以把她打发走。”

“我可不认为这是眼下解决这问题的办法。她不是对你干下什么了吗？”

“哦，当然。”

“我早知道她这样干了。不过我爱你，这一切都无所谓。这你也知道。”

“这我可不知道，魔鬼。”

“得，我们别一本正经啦。我早就明白，如果你一本正经，那就完了。”

第十二章

这是刮风的第三天，但这时风不再那么大了，他正坐在桌前，把那篇小说从头看一遍，直看到他停笔的地方，边看边修改。他继续写下去，沉浸在这故事中，忘掉了其他的地方，等他听到室外那两个姑娘的话音，也没有好好听进去。她们经过窗前时，他举手招招。她们也招招手，那黑皮肤的姑娘笑笑，凯瑟琳把手指按在嘴唇上。那姑娘在早上显得非常漂亮，脸蛋发亮，面色红润。凯瑟琳像往常那样美。他听到汽车启动的声音，听出是那辆布加迪车。他回到那故事中。那是个好故事，他在正午前不久写成了。

吃早饭可太迟了，而且他写作后觉得累，不想驾那辆伊索塔旧车进城，它的刹车有毛病，巨大的发动机失灵了，尽管凯瑟琳把汽车钥匙和一张条子一起留下了，上面写着她们上尼斯去了，在归途中会上咖啡馆去找他。

我想要的，他想，是一公升盛在又厚又重的大玻璃杯内的冰啤酒，还要一客撒有粗胡椒面的油炸土豆。不过这一带海岸上的啤酒都一无是处，他愉快地想起巴黎和到过的其他地方，庆幸自己写下了一点分明是很好的东西，而且已经完成了。这是他们结婚以来他完成的第一篇作品。你是必须完成的，他想。如果你完不成，那什么都一文不值了。明天，我要把那篇游记从我搁笔的地方继续写下去，直到完成为止。那你该怎样完成它呢？你现在该怎样完成它呢？

他一开始想起写作以外的事，被写作排斥在外的一切就都回进他的脑海。他回想起上一夜，想起凯瑟琳和那姑娘今天正在两天前他和凯瑟琳驾车行驶的那条道路上，感到腻味。她们眼下该在归途中了。已是午后了。也许她们正在咖啡馆。别一本正经，她这么说过。不过她还有什么别的意思。也许她明白自己在干什么。也许她知道事情能如何发展。也许她真知道。你可不知道。

原来你写作来着，如今却操心起来了。你最好再写一篇。写一篇就你所知最最难写的东西。动手干吧。如果你要对她多少有些好处的话，你本人就得坚持下去。你对她有过什么好处？多得很哪，他说。不，并不多得很。多得很的意思是够多了。干下去，明天就动手写新的短篇吧。明天见鬼去吧。这是什么工作方法呀。明天。进屋去，眼下就动手吧。

他把那张字条和钥匙放进口袋，回进写作室，坐下来，写下这新的短篇的第一段，自从他懂得了短篇小说该是怎么回事以来，他一直把这一篇推迟不写。他用简单陈述句写成这一段，而后面的一切难题都得重新亲身体验并活生生地表达出来。全篇的开端写下了，他只消继续写下去就成。没别的了，他说。你明白你自以为做不到的事是多么简单了吗？随后他出屋走上露台，坐下，要了杯兑矿泉水的威士忌。

旅店主人的年轻侄子从酒吧间端来酒瓶、冰和一只酒杯，说，“先生没有用早餐。”

“我工作得时间太长了。”

“真可惜，”这大孩子说。“要我拿点什么来吗？来客三明治？”

“我们贮藏室里有一听库克船长牌白葡萄酒渍鲹鱼，去把它找来。把听子开了，在盘子里放两条给我拿来。”

“没冰过啊。”

“没关系。把它拿来吧。”

他坐着吃白葡萄酒渍鲹鱼，喝兑矿泉水的威士忌。这鲹鱼没冰过，的确有关系。他边吃边看早报。

我们在王家水道港时常常吃鲜鱼，他想，不过这可是很久前的事啰。他开始回忆王家水道港，不久就听见那辆汽车开上山来的声音。

“把这个拿走，”他对大孩子说，就起身走进酒吧，自己动手斟了些威士忌，加上冰块，然后用矿泉水斟满了酒杯。他嘴里还带有那带酒香的鲹鱼的味儿，就拿起那瓶矿泉水，呷起来。

他听见她们的话声，接着她们走进门来，跟上一天一样欢欣愉快。他看见凯瑟琳桦树皮般发亮的头发，晒黑的脸上带着钟情和兴奋的神色，另外那姑娘肤色黝黑，头发还像被风吹乱的样子，眼睛非常明亮，随后她走近来，一下子又害羞起来。

“我们看你不在咖啡馆，就没有停留，”凯瑟琳说。

“我写到很晚才停手。你好吗，魔鬼？”

“很好。别问我这一位好不好。”

“你写作顺利吗，戴维？”那姑娘问。

“这才像个好妻子，”凯瑟琳说。“我忘了问啦。”

“你们在尼斯都干了些什么？”

“我们可以喝了一杯再讲吗？”

她们紧偎在他两旁，他伸手抚摸她们俩。

“你写作顺利吗，戴维？”她再问一遍。

“当然顺利的啰，”凯瑟琳说。“他写作从来都是这样的，笨蛋。”

“对吗，戴维？”

“对，”他说着，伸手弄乱她的头发。“谢谢。”

“我们不能来一杯吗？”凯瑟琳问。“我们压根儿没工作。光是买东西、订购东西并且招人闲话。”

“我们并没有真正招人闲话。”

“我说不准，”凯瑟琳说。“我也不在乎。”

“那是什么闲话？”戴维问。

“算不上什么，”姑娘说。

“我当时并不在意，”凯瑟琳说。“反倒喜欢。”

“有人在尼斯关于她的宽松长裤说了些什么。”

“这不好算闲话啊，”戴维说。“那是个大城市。你们上那儿去，总得思想准备会这样的。”

“我看起来有些与众不同？”凯瑟琳问。“但愿他们把大镜子拿来装上就好了。你看我可有些与众不同？”

“没有。”戴维望着她。她看上去发色非常淡，头发蓬乱，肤色比往常更黑，十分激动，一副倔相。

“这敢情好，”她说。“因为我试过了。”

“你当时可什么也没干啊，”姑娘说。

“我当时干了，很喜欢，我想再来一杯。”

“她当时什么也没干，戴维，”姑娘说。

“今儿早上，我在那一长段畅通无阻的直道上停下车，吻了她，她也吻了我，在从尼斯回来的路上也吻了，并且刚才下车时也吻了。”凯瑟琳深情而却挑衅地望着他，接着说，“真带劲，我喜欢。你也吻她吧。那大孩子不在嘛。”

戴维转向姑娘，她突然偎在他身上，两人亲吻起来。他并没打算吻她，没有料想到亲吻时味儿会是这样的。

“这下子够啦，”凯瑟琳说。

“你觉得怎么样？”戴维对姑娘说。她又害羞和高兴了。

"我高兴得像你说过的那样，"姑娘对他说。

"现在大家都高兴了，"凯瑟琳说。"我们分担了全部罪孽。"

他们吃了一顿非常好的午餐，从冷盘小吃、子鸡、普罗旺斯杂烩、色拉吃到水果和干酪，一直喝着冰镇的塔韦尔酒。他们都饿了，说说笑话，谁也不一本正经。

"晚饭时有样东西会叫你大吃一惊，也许等不到吃晚饭，"凯瑟琳说。"她花起钱来像个喝醉了酒的石油租借地的印第安人[①]，戴维。"

"这种人心眼儿可好？"姑娘问。"还是像印度的土邦主那样？"

"戴维会给你讲这种人的情况。他是俄克拉荷马州人。"

"我原以为他是东非洲人哪。"

"不。他有几个祖先从俄克拉荷马州出逃，把他带到了东非洲，当时他还小得很呢。"

"这一定是十分令人激动的。"

"他把小时候在东非洲的经历写了一部小说。"

"我知道。"

"你看过？"戴维问她。

"看过，"她说。"你想问问我这小说的内容吗？"

"不，"他说。"我对此很熟悉。"

"这本书使我哭了，"姑娘说。"书中的那个人是你父亲吗？"

"在有些方面是他。"

"你一定非常非常爱他。"

"是啊。"

---

① 美国俄克拉荷马州于 1907 年发现石油，和加利福尼亚州成为当时美国主要石油产地，到 1928 年才被得克萨斯州超过。当时俄克拉荷马州有些石油产区位于印第安人保留地内。

“你可从没跟我谈起过他，”凯瑟琳说。

“你从没问过我啊。”

“问了你会讲吗？”

“不会，”他说。

“我当时就喜欢上这本书了，”姑娘说。

“别做得太过分，”凯瑟琳说。

“我没有啊。”

“你吻他的时候——”

“是你要我吻的啊。”

“你打断了我的话，”凯瑟琳说，“我刚才要说的是你吻他的时候喜欢得不得了，那当时你是拿他当个作家的吗？”

戴维斟了一杯塔韦尔酒，喝了一些。

“我说不上，”姑娘说。“我当时没有想。”

“很高兴，”凯瑟琳说。“我原担心会像那些剪报一样。”

姑娘显得确实迷惑不解，凯瑟琳就解释说，“关于那第二本书的剪报。你知道，他写了两本书。”

“我只看过《裂谷》①。”

“第二本是写飞行的。在大战中的事。人们写下的有关飞行的书中，只有这一本是出色的。”

“放屁，”戴维说。

“等你看了再说吧，”凯瑟琳说。“这本书啊，你得拼了命才写得成，你得把自己彻底毁了才成。千万别以为只因为我在吻他时并

① 指东非大裂谷，北起西亚的约旦，形成约旦河、死海和亚喀巴湾，沿红海一路向南，进入埃塞俄比亚的达纳基勒洼地，朝西南进入肯尼亚，形成鲁道夫湖、奈瓦沙湖和马加迪湖，分两支到达莫桑比克的印度洋沿岸，总长4000英里，平均宽度30到40英里。

不拿他当个作家，我就不理解他写的那些书。”

“我想我们该去午睡了，”戴维说。“你该去打个盹，魔鬼。你累了。”

“我话讲得太多了，”凯瑟琳说。“这顿午饭不错，可我很抱歉，话讲得太多，还吹了牛。”

“你刚才谈那些书的时候，我爱上你了，”姑娘说。“你真叫人佩服。”

“我并不觉得该叫人佩服。我累了，”凯瑟琳说。“你有好多书可看吗，玛丽塔？”

“我还有两本，”姑娘说。“过后想借几本，如果可以的话。”

“我等会儿到你房间去找你可好？”

“只要你高兴，”姑娘说。

戴维并不对姑娘看，她也不对他看。

“我不会打扰你吗？”凯瑟琳说。

“我干的事什么也无足轻重，”姑娘说。

凯瑟琳和戴维并肩躺在他们房里的床上，外边刮风已经到了末一天，这次午睡跟从前的情况不一样。

“现在可以告诉你了吗？”

“我情愿你别提算了。”

“不，让我讲吧。今儿早上，我发动汽车的时候，感到发慌，我努力好好开车，可心里觉得空落落的。后来看得见戛纳就在前面小山上了，而前面的路沿着海一路上坡，没别的车，我回头望望，也没有车，就从路上拐进小树丛。那儿像山艾地[1]。我吻她，她也

① 指美国西南部，尤其是内华达州长这种艾草的荒地。

吻我，我们坐在车里，我觉得怪异样的，等我们驶进了尼斯，我说不准究竟人家是否看得出来。那时我觉得无所谓了，我们到处都去，看到什么东西就买。她喜欢买东西。有人说了句无礼的话，不过实在也算不上什么。后来我们在归途中停了车，她说如果我是她的姑娘那就更好了，我说反正这样或那样都可以，而且我真心觉得高兴，因为反正这会儿我是个姑娘家了，可我不知道该干些什么。我从来没有这样拿不定主意过。可是她待我真好，我想她是存心要帮我。我说不准。反正她待我真好，我在开车，她真是又漂亮又快活，她就像我们有时候那样温存，或者像我对你那样，或者我们中有一个对对方那样，于是我说如果她再这样我就没法开车了，这样我们就停了车。我仅仅吻了她，不过我知道事情在我身上发生了。我们就在那儿待了一会儿，过后我就一口气开回来了。我们进来前我吻了她，我们很愉快，我当时觉得喜欢，现在还是喜欢。”

“原来你这下子干成了，”戴维小心地说，“你就此不想再干了。”

“我并不这样想。我当时很喜欢，还打算来一次真格的呢。”

“不。你用不着这样。”

“我要，我打算干，要干到不想再干，把这事摆脱掉。”

“谁说你要把这事摆脱掉啊？”

“我说的。不过我实在必须这样干，戴维。我过去可不知道自己有朝一日会变成这样的。”

他什么也没有说。

“我会回头的，”她说。“我知道自己会把这事摆脱掉的，千真万确。请信任我。”

他什么也没有说。

“她在等我啊。你不是听到我要求她的吗？这好像干什么事干到一半停手了。”

“我打算北上去巴黎，”戴维说。“你可以通过银行跟我联系。”

“不，”她说。“不。你必须拉我一把。”

“我没法拉你一把。”

“你能。你不能走掉。如果你走掉，我会受不了的。我不想跟她待在一起。这不过是某桩我不得不干的事罢了。难道你不理解吗？请你理解。你是一向理解的。”

“这回事可不行。”

“请你试一试。你过去是一向理解的。这你也知道。什么事都如此。你过去不是这样的吗？”

“对。过去是如此。”

“开初是我们俩，等我干完了这桩事，就又只剩下我们俩了。我没有爱上其他什么人啊。”

“别干了。”

“我不得不干。自从我上学以来，多的是干这事的机会，人们要求跟我干这个。可我从来不愿，也从来没干过。可如今我不得不干。”

他没有说什么。

“请理解这是怎么回事。”

他什么也没有说。

“反正她爱上了你，你可以占有她，这样就可以从此洗手不干了。”

“你在讲疯话啦，魔鬼。”

“这我知道，”她说。“我要住嘴了。”

“打个盹吧，”他说。“只要挨着我静静地躺着，我们俩就都会睡着的。”

“我真爱你啊，”她说。“正像我对她说过的，你是我的真正配偶。关于你的事，我对她讲得太多了，不过她就只喜欢谈这方面的事。我现在心情平静了，所以要去找她了。”

“不。别去。”

“要去，”她说。“你等我。不会去太久的。”

等她回到房里，戴维不在，她站了好一会儿，望着床铺，然后走到浴室门口，开了门，站着朝那面长镜子望。她脸上一无表情，她望着自己的影子，从头望到脚，脸上一点儿表情也没有。等她走进浴室、随手关上门的时候，天色几乎断黑了。

第十三章

戴维在暮色中从戛纳驾车驶回来。风息了，他把汽车留在老地方，顺着小路走到室内的灯光照射到露台和花园的地方。玛丽塔走出门洞，朝他走来。

“凯瑟琳感到糟透了，”她说。“请好好地待她吧。”

“你们俩都见鬼去，”戴维说。

“我该。可她不该。你不能这样，戴维。”

“别跟我说我能这样，我不能那样。”

“难道你不愿照顾她？”

“并不特别愿意。”

“我倒愿意。”

“你确实已经这样做了。”

“别犯傻了，”她说。“你又不傻。说真的，情况很严重。”

“她在哪儿？”

“在里面等你呢。”

戴维走进门去。凯瑟琳正坐在没人的吧台前。

“喂，”她说。“他们没有弄来大镜子。”

“喂，魔鬼，”他说。“对不起，来晚了。”

她显得死气沉沉，嗓音单调平板，使他感到震惊。

“我还以为你走掉了，”她说。

“难道你没看见我什么都没有带？”

“我没有仔细看。你要出去可用不着带什么东西。”

“对，”戴维说。“我不过进城去了。”

“喔，”她说罢，朝墙壁望去。

“风越来越小了，”他说。“明儿会是个好日子。”

“我才不关心明儿会怎么样。”

“你当然关心。”

“不，我不关心。别要求我关心。”

“我不会要求你关心，”他说。“你喝过酒吗？”

“没有。”

“我来调一杯。”

“喝了不会有什么好处。”

“也许会有的。我们还是我们嘛。”他在调酒，她一无表情地看他摇着调酒器，然后把酒倒进两只酒杯。

“放上蒜味橄榄，”她说。

他递给她一杯酒，举起自己那一杯，同她碰杯。“为我们干杯。”

她把她那杯酒倒在吧台上，看酒在木台面上流淌。接着她捡起橄榄，放进嘴内。“没有什么我们啦，”她说。“再也没有啦。”

戴维从口袋里掏出一块手绢，擦干净吧台，又调了一杯酒。

“全是屁话，”凯瑟琳说。戴维把酒递给她，她望了一下，然后把它倒在吧台上。戴维又把酒擦干净，拧干手绢。然后他喝了自己那杯马提尼酒，又调了两杯。

“把这一杯喝了，”他说。“喝了，不为什么。”

“不为什么，”她说。她举起酒杯说，“只为你，为你这天杀的手绢干杯。”

她喝干了杯中的酒，然后握住酒杯，对它看着，戴维心想她准会把它朝他脸上扔来。但她把它放下了，捡起杯中的蒜味橄榄，十分仔细地吃了，把核递给戴维。

"这颗宝石[①]不算太珍贵，"她说。"把它放进你的口袋。如果你肯调，我想再来一杯。"

"这一杯可得慢慢儿喝。"

"哦，我现在完全没事了，"凯瑟琳说。"你没准不会注意到有什么两样。我相信人人都会碰到这种情况的。"

"你感到好过点了？"

"确实好过多了。你不过就是失去了什么，它消失了，就这么回事。我们失去的就是我们拥有过的一切。不过我们会得到一些的。这就没问题了，是吗？"

"你饿吧？"

"不。可我相信一切都会没事的。你说过会这样的，可不是吗？"

"当然会没事的。"

"但愿我能想得起来我们失去的是什么。不过这也没关系，是吗？你说过这是没关系的。"

"对。"

"那么我们高兴起来吧。不管它是什么，反正已经失去了。"

"它一定是我们已经忘却的什么，"他说。"我们会想起来的。"

"我知道我做过些什么事。不过都已经过去了。"

"那敢情好。"

"不管它是什么，可不是别人犯的错误。"

"别讲什么错误吧。"

"我现在知道它是什么了，"她笑吟吟地说。"不过我也并没有

---

① 原文为stone，本可解作"核"，此处为双关语。

对你不忠实。真的，戴维。怎么可能呢？我不可能。这你知道。你怎么能说我不忠实呢？你为什么这样说呢？”

“你没有。”

“我当然没有啦。不过真希望你没有这样说。”

“我没有说过，魔鬼。”

“有人说过。不过我没有不忠实过。我不过干了我说过想干的事罢了。玛丽塔在哪儿呀？”

“我想在她房间里吧。”

“很高兴，我又没事了。你把话一收回去，我就没事了。但愿当初是你干的，这样我就可以把对你说过的话收回来。我们又是我们了，可不是吗？我没有把我们的关系毁了。”

“对。”

她又微笑了。“那敢情好。我去叫她来。你不在意吧？她为我担心来着。在你回来前。”

“是吗？”

“我当时讲了不少话，”凯瑟琳说。“我老是话讲得太多。她可十二万分地好，戴维，如果你了解她的话。她待我非常之好。”

“让她见鬼去吧。”

“不。你把说过的话都收回去了。记得吗？我不想再来那一套了。你想吗？太叫人糊涂啦。真个的。”

“好，去叫她来吧。她看到你恢复了好心情会高兴的。”

“我知道她会的，而且你必须使她也心情好。”

“当然。她心情不好吗？”

“只有我心情不好时才这样。当我明白自己不忠实的时候。你知道我从没不忠实过。你去带她来吧，戴维。这样她就不会心情不好了。不，不劳你驾了，我去。”

凯瑟琳走出门去，戴维目送着她。她的动作不那么机械了，嗓音也比较正常了。她回来时带着微笑，嗓音差不多完全自然了。

“她一会儿就来，”她说。“她真可爱，戴维。真高兴你当初让她来。”

姑娘走进来，戴维就说，“我们在等你哪。”

她对他看看，就望着别处。接着又望着他，身子挺得笔直说，“对不起，来迟了。”

“你模样俊极了，”戴维说，这话说得挺对，不过她的眼神却是他见过的最最忧伤的。

“请给她调一杯，戴维。我喝了两杯啦，”凯瑟琳对姑娘说。

“很高兴你心情好点了，”姑娘说。

“戴维使我的心情又好了，”凯瑟琳说。“我把什么都告诉了他，说那是如何美妙，他就完全理解了。他确实同意了。”

姑娘望着戴维，他看到她如何用牙齿咬着上嘴唇，明白她用眼睛对他说的话。“当初待在城里很枯燥。我惦念着游水，”他说。

“你不知道自己当时惦念着什么，”凯瑟琳说。“你什么都惦念。那是我一辈子巴望干的事，如今干成了，我喜欢。”

姑娘正低头望着酒杯。

“最最妙的是我现在感到完全成长起来了。可这样真累人。当然这正是我想要的，如今干成了，我明白自己不过是个学徒，可是不会永远如此的。”

“学徒得到人家体谅啦，”戴维说，接着豁出去了，兴高采烈地说，“难道你从不谈其他话题了吗？性倒错行为是乏味的，早过时了。我过去可不知道我们这号人竟还能赶上这玩意。”

“我看只在第一次干时才真正有趣吧，”凯瑟琳说。

“那也只有那个实干的人觉得有趣，其他人可觉得腻味死了，”戴维说。“你可同意，女继承人？”

“你管她叫女继承人？”凯瑟琳问。“这倒是个怪有趣的称呼。”

“我哪能叫她夫人或者殿下啊，”戴维说。“你可同意，女继承人？关于性倒错行为？”

“我一向以为那是被人过分推崇的无聊行为，”她说。“不过是姑娘家干的聊胜于无的什么玩意罢了。”

“可是不管什么事，第一次干总是有趣的，”凯瑟琳说。

“对，”戴维说。“不过难道你老是想谈你在障碍赛马公园第一次骑马的情况，或者你，你本人，如何亲自全靠你自己单独驾驶一架飞机完全离开大地飞上高空吗？”

“我感到羞愧，”凯瑟琳说。“瞧我，看看我是否感到羞愧。”

戴维伸出一臂搂住她。

“别感到羞愧，”他说。“只要记住，你多么喜欢听这位好女继承人回忆她如何乘那架飞机升空，就只有她本人和那架飞机，而在她和大地之间什么也没有，想象想象那大地，那是大写的，可只有她的飞机，而她可能被摔死，真可怕，给摔得粉碎，她和飞机都这样，她就失去了她的金钱和她的健康和她的理智和她的生命，那是大写的，还失去了她那些亲爱的人儿或者我或者你或者耶稣，统统是大写的，这是说如果她‘坠毁’的话——把坠毁这个词儿加上引号。”

“你曾经单独飞行过吗，女继承人？”

“没有，”姑娘说。“我如今不必这样做了。可我想再来一杯。我爱你，戴维。”

“像上次那样再吻她吧，”凯瑟琳说。

“改天吧，”戴维说。“我在调酒哪。”

“真高兴，我们又是好朋友，一切都好了，”凯瑟琳说。她这时十分生气蓬勃，嗓音自然，简直可说是松弛了。

“我忘了这女继承人今儿早上买下的叫人惊喜的东西了。我这就去拿来。”

等凯瑟琳走了，姑娘握住戴维的一只手，握得非常紧，然后亲亲它。他们坐着，望着彼此。她用手指几乎心不在焉地抚摸着他的手。她弯起手指，缠住他的手指，随后松开了。“我们用不着说话，”她说。“你不想要我发表一篇演说，对吗？”

“不想。不过我们改天得好好谈谈。”

“你可想要我走？”

“你得变得更聪明些才会走哇。”

“你可愿意吻我，好让我明白留下来是不妨事的？”

凯瑟琳这时和那年轻招待一起走进来，他端来一只托盘，上面放着搁在一碗冰块中的一大听鱼子酱和一碟烤面包片。“这一吻真妙不可言，”她说。“大家都看见了，所以不用再怕会招人闲话什么的了，”凯瑟琳说。“他们正在切一点蛋白和球葱。”

那是挺大的结实的灰色鱼子，凯瑟琳舀了些放在薄烤面包片上。

“女继承人给你买了一箱 1915 年的伯林格尔香槟酒[①]，有几瓶用冰镇着。你看我们该就着这些吃的来喝一瓶吗？”

“当然好，”戴维说。“我们吃饭时从头喝到底吧。”

“女继承人和我都有钱，这样你就什么也不用愁了，不是挺福气吗？我们要好好呵护他，是不，女继承人？”

“我们得万分努力才成，”姑娘说。“我正设法弄明白他的种种需要。今天我们能弄到的就只有这种酒了。”

---

① 这是由法国伯林格尔家族于 1821 年起酿制的香槟酒，历史悠久。

第十四章

晨光把他弄醒时，他已睡了约摸两个小时，他望望凯瑟琳，她正睡得很安稳，在睡眠中脸露喜色。她显得年轻貌美、纯真无邪，他撇下她，走进浴室，洗了个淋浴，穿上条短裤，光着脚穿过花园，走到他工作的那个房间。刮了风，空中无云，像洗过一般，这是将近夏末的新的一天的清新的凌晨。

他又着手写那篇难写的新的短篇，写着写着，对付着他多年来一直避免正面对付的每一个问题。他写到近十一点，结束了这天的写作，关上房门，走出屋去，只见那两个姑娘正在花园中一张桌子边下棋。两人都看来容光焕发、青春年少，像这被风吹散云朵的晨空一般迷人。

"她又把我打败了，"凯瑟琳说。"你好，戴维？"

那姑娘万分羞怯地对他笑笑。

这是我曾见过的两个最最可爱的姑娘，戴维想。哦，今儿个会发生什么好事啊。"你们二位好吗？"他说。

"我们非常好，"姑娘说。"你碰到了好运吗？"

"全是费劲儿的活儿，不过进行得还顺利，"他说。

"你还没吃一点儿早饭吧。"

"吃早饭可太迟了，"戴维说。

"胡扯，"凯瑟琳说。"你是今天的值班妻子，女继承人。叫他吃早饭。"

"你可想来点咖啡和水果，戴维？"姑娘问。"你该吃一点啊。”

“我想来点清咖啡，”戴维说。

“我给你去拿点什么来，”姑娘说，就走进旅馆。

戴维挨着凯瑟琳在桌边坐下，她把棋子和棋盘放在一张椅子上。她把他的头发弄弄乱，说，“你忘了像我一样有一头银发吗？”

“对，”他说。

“这头发会变得越来越淡，越来越淡，我会变得越来越美，越来越美，身子也变得更黑。”

“那真是太妙了。”

“对，而我想什么都试一下。”

那漂亮的黑皮肤姑娘端来一只托盘，上面放有满满一小碗鱼子酱、半只柠檬、一把调羹和两片烤面包，而那年轻招待拿着一只放有一瓶伯林格尔香槟的提桶和一只放有三只酒杯的盘子。

“这对戴维有好处，”姑娘说。“然后我们可以在午饭前去游水。”

游了水，躺在沙滩上晒了太阳，吃了顿丰盛的午饭，时间拖得很长，喝了更多的伯林格尔香槟，凯瑟琳说，“我实在又累又困了。”

“你游了好长的一程，”戴维说。“我们去睡午觉吧。”

“我想好好儿睡一觉，”凯瑟琳说。

“你身子舒服吗，凯瑟琳？”姑娘问。

“舒服。就是觉得困死了。”

“我们来送你上床吧，”戴维说。“有体温表吗？”他问那姑娘。

“我肯定一点也没有发烧，”凯瑟琳说。“不过想好好儿睡它一阵子罢了。”

等她上了床，姑娘拿来体温表，戴维给凯瑟琳量了体温，按了脉。体温正常，脉搏一百零五跳。

“脉搏稍微快了些，”他说。“不过我不知道你正常的脉搏是多少。”

“我也不知道，也许太快了。”

“体温既然正常，我看这脉搏也没什么大不了，”戴维说。“如果你发烧的话，我可要到戛纳去请个大夫来。”

“我用不着大夫，”凯瑟琳说。“我只想睡觉。现在可以睡吗？”

“行，我的美人儿。要我来就叫吧。”

他们站起身，看到她入睡了，才悄没声儿地走出房间，戴维顺着石板走廊走了几步，从窗外望进去。凯瑟琳正安静地睡着，呼吸很均匀。他搬来两把椅子和一张桌子，他们就在靠近凯瑟琳窗前的阴影里坐下，透过松林眺望蓝海。“你怎么看？”戴维问。

“我说不上来。她今儿早上还很开心。就像你结束了写作看到她那时的样子。”

“那么现在呢？”

“没准只不过是昨天留下的反应吧。她是个非常正常的姑娘，戴维，而这也是正常的嘛。”

“昨天啊，就像在爱一个已经死去的什么人，”他说。“这不对头。”他站起身来，走到窗前，朝室内张望。凯瑟琳还是照老样子睡着，轻轻地呼吸着。“她睡得很香，”他对姑娘说。“你可想睡个午觉？”

“我想是吧。”

“我要上我写作的房间去，”他说。“那儿有扇门通你的房间，两面都有插销。”他顺着石板走廊走，打开他那房间的门锁，然后拉开两间房之间那道门上的插销。他站着等待，接着听到门的另一面拉开插销的声音，然后门开了。他们并肩坐在床沿上，他伸出一臂搂住她。“吻我吧，”戴维说。

“我喜欢吻你，”她说。“我喜欢得不得了。不过另一桩事我不干。”

“不干？”

“对，我不能。”

接着她说，“有没有什么事我现在可以替你做的？我对那另一桩事觉得羞愧死了，不过你也明白那可能惹出事儿来。”

“就这么躺在我身边吧。”

“我喜欢这样做。”

“随你喜欢做什么吧。”

“我会的，”她说。“请你也这样。我们尽力而为吧。”

凯瑟琳睡了整整一个下午，直到傍晚时分。戴维和那姑娘正坐在吧台前一起喝酒，姑娘说，“他们终究没有拿大镜子来。”

“这事你问过奥罗尔老头吗？”

“问过。他很高兴。”

“我最好付给他那瓶伯林格尔香槟的开瓶费什么的。”

“我送了他四瓶，加上两瓶非常出色的白兰地。已经防着他了。我倒是担心女主人会找麻烦。”

“你完全对。”

“我可不想惹出事儿来，戴维。”

“对，”他说。“我看你是不想这样。”

那年轻招待曾再送了些冰来，戴维就调了两杯马提尼酒，给她一杯。招待在杯中放上蒜味橄榄，就回厨房去。

“我要去看看凯瑟琳怎么样了，”姑娘说。“事情会有眉目的，也许不会。”

她走开了约摸十分钟，他摸摸姑娘的那杯酒，决定不等它失去凉意就把它喝了。他把酒杯擎在手中，举到唇边，在杯子碰到嘴唇时，发觉这使他感到愉快，因为这杯酒是她的。这一点是明明白白而无法否认的。你就需要这一个吧，他想。你就需要这一个来使事情变得真正地十全十美。同时爱着她们两个。自从五月份以来，你有过什么遭遇？你究竟还是个怎么样的人啊？他又把酒杯碰碰嘴唇，又感到跟刚才一样的反应。好吧，他说，别忘了写作。你舍弃的正是写作啊。你还是拿出作品来的好。

姑娘走回来，他看着她走进来，脸上喜气洋洋，就明白自己对她的感情了。

“她在穿衣服，”姑娘说。“她感觉良好。这不是挺好吗？”

“对，”他说，心里也爱着凯瑟琳，像过去一样。

“我的酒怎么啦？”

“我把它喝了，”他说。“因为那是你的。”

“当真，戴维？”她脸红了，觉得愉快。

“那是我讲得出的最好的话了，”他说。“这杯是刚调好的。”

她尝了一口，把嘴唇在杯口非常轻地擦了一下，然后把酒杯递给他，他也这样做了，并且慢慢地呷了一口。“你非常之美，”他说。“而且我爱你。”

第十五章

他听见那布加迪车启动了，这声音出乎他的意料，突然侵入耳际，因为他正处身其间的原野上是没有马达声的。他跟外界完全隔绝，除了正在写的那个短篇，他正一边营造着，一边生活于其中。他如今正一个个地在对付他害怕的那些难以处理的段落，这样做时，那些人物、原野、日日夜夜和气候状况都随写随出现在面前。他继续写着，感到累得好像整夜在横跨那起伏不平的火山灰形成的荒漠，阳光照上他和其他那些人，而那些已干涸的灰色湖泊还在前方。他感觉得到肩上挎着的笨重的双筒步枪的分量，一手按在枪口上，品味着嘴里含的石弹的味道。透过干涸的湖泊上闪烁着的微光，他看得见远方的蓝色悬崖。他前方一个人也没有，背后是那一长队脚夫①，他们知道赶到这地点已迟了三个小时。

当然，这天早上站在那地方的人可不是他，他甚至也没有身穿那件有补丁的灯芯绒上装，当时颜色已褪得几乎成为白色，腋部被汗水烂穿了，他那时把它脱下，递给他的坎巴族②仆人加兄弟，此人和他都意识到这次迟到了，都感到内疚，只见他嗅嗅那股像醋一样的酸味儿，厌恶地摇摇头，然后抓住上装的袖子，把它呼的甩上黑色的肩头，咧嘴笑笑，这时他们拔脚跨过那片被阳光烤干的灰色地带，枪口握在右手中，枪筒搁在肩头，沉甸甸的枪托朝后指向那队脚夫。

这不是他，可是在他写作时正是他，等有朝一日不管是谁读它时就会成为那个读者，而且等他们到达那悬崖时，如果能到达的话，他们会发现正是那个情况，而他会使他们在当天中午到达那悬崖的脚下；于是不管是谁读它，就会发现在那边的情况，永记不忘。

你父亲发现的一切，也都是为你发现的，他想，好的、妙不可言的、坏的、非常之坏的、真正非常坏的、确实坏的，还有糟得多的。真可惜，一个拥有这样应付灾难并追求欢乐的本领的人竟走上了他走的道路③，他想。回忆起自己的父亲，总使他愉快，他知道他父亲会喜欢这个短篇的。

中午快到了，他才走出房间，光着脚顺着露台的石板地走到旅馆的入口处。工人们正在那大房间吧台后面的墙上安上一面大镜子。奥罗尔先生和那年轻招待正和他们在一起，他跟他们说了话，就出去走进厨房，看见女主人在那里。

“有啤酒吗，夫人？”他问她。

“当然有，伯恩先生，”她用法语说，从冰柜中拿出一瓶冰镇的。

“我要就着瓶子喝，”他说。

“随先生的便吧，”她说。“我知道女士们开车去尼斯了。先生写得可顺利？”

“非常顺利。”

“先生干得太辛苦了。不吃早饭可不好啊。”

“听子里还剩下些鱼子酱吗？”

“当然有啊。”

---

① 这个短篇写戴维 8 岁时父亲带他一起在东非洲长途游猎的经历，这种脚夫是在当地雇的土人。

② 坎巴族世居肯尼亚的马查利斯和基图伊地区，务农，饲养牛羊，因当地水土流失，很多人到首都内罗毕谋生，或当上行商。

③ 指自杀。海明威又情不自禁地联系到他本人的当医生的父亲。

"我要来两匙。"

"先生很怪，"女主人说。"昨天吃鱼子酱时喝香槟。今天喝啤酒了。"

"我今天只一个人啊，"戴维说。"可知道我的自行车还在车库里吗？"

"应该在吧，"女主人说。

戴维舀了一匙鱼子酱，把听子送到女主人面前。"来一点吧，夫人。挺好的。"

"我不能，"她说。

"别犯傻了，"他对她说。"来一点吧。还有些烤面包片。斟一杯香槟。冰柜里有些呢。"

女主人舀了一匙鱼子酱，涂在早饭时剩下的一片烤面包上，还给自已斟了一杯玫瑰红葡萄酒。

"真好吃，"她说。"现在该把听子收起来了。"

"你觉得有什么好效验①吗？"戴维问。"我打算再来一匙呢。"

"唉，先生。你不该这样说笑话啊。"

"干吗不该？"戴维说。"我的说笑话搭档都出去了。如果那两个美丽的女人回来了，跟她们说我去游水了，好吗？"

"一定。那个儿小的是个美人儿。当然及不上夫人美啊。"

"我觉得她并不太丑，"戴维说。

"她是个美人儿，先生，而且十分迷人。"

"在没有什么别人来到前，她还能凑合，"戴维说。"如果你以为她漂亮的话。"

---

① 鱼子中富含性激素，所以女主人说他不该这样说笑话。

“先生，”她带着深深的责备口气说。

“装修上的改建工作都做了些什么？”戴维问。

“酒吧内那面新的大镜子吗？那是给这旅馆的一份富有魅力的礼物。”

“人人都富有魅力，”戴维说。“魅力和鲟鱼子。趁我去穿上一双什么鞋子，找顶鸭舌帽，请你去吩咐那大孩子去看看我的车胎里有没有气，好吧？”

“先生喜欢打赤脚走来走去。在夏天我也喜欢。”

“多咱我们一块儿打赤脚走走。”

“先生，”她意味深长地说。

“奥罗尔吃醋了？”

“别开玩笑，”她用法语说。“我会对那两位美丽的女士说你去游水了。”

“别让奥罗尔碰鱼子酱，”戴维说。“回见，亲爱的夫人。”

“待会儿见，先生。”

他离开了旅馆，在穿过松林的那条亮光光的黑色道路上，在热辣辣的阳光下骑车一路上坡，闻到松树的清香，迎着海上吹来的轻风，感到双臂和双肩上的拉力，用双脚抵在踏板上打着旋地在推进。他弯腰向前，双手抵在把手上，轻轻地朝后拉，感到开初爬坡时时快时缓的节奏在驶过一块块百米标石时开始变得均匀起来，接着驶过第一块上端漆成红色的公里里程碑，然后驶过第二块。过了地岬，道路下坡沿着海岸走，他刹车停下，下了车，把自行车扛上肩，顺着小道下坡走到海滩。他把车靠在一棵在炎热的天气中散发着松脂香的松树上，下到岩石边，脱光衣服，把他的平底凉鞋放在短裤、衬衫和鸭舌帽上，就从岩石上朝下扎进清澈寒冷的深水。他穿过变幻的光朝上游，脑袋一探出水面，就甩了一下，甩掉耳朵里的水，然后朝海中游去。他朝天浮在水面上，观看天空，看那随着微风飘来的初次出现的朵朵白云。

临了，他回头朝那小湾游去，爬上深红色的岩石，在阳光下坐着，低头注视海水。他一个人待着，已经完成了当天的写作，觉得高兴。后来，他写作后不免会有的寂寞感又开始兜上心头，他想起那两个姑娘，惦念着她们；起初可不是惦念这一个或是那一个，而是惦念她们俩。后来他想着她们，倒不是用挑剔的眼光，不是当作什么爱恋或钟爱的问题，不是有关责任也不是有关已发生的或将会发生的事，不是有关任何现在的举止或将来的举止的问题，而仅仅是他多么惦念着她们的问题。他想念她们俩，单独一个和两个一起，感到寂寞，因为他两个都要。

在阳光下坐在岩石上低头注视着海水，他明白两个都要是不对的，但就是两个都要。跟这两个中间的哪一个的关系都不会有什么好结果，你眼下也不会有，他对自己说。可是不要开始责备你所爱的人，也不要分摊责任吧。到时候会分摊的，但不是由你来做。

他低头注视着海水，竭力想弄清楚自己的处境如何，但结果没成功。最糟的是凯瑟琳身上发生的变化。次糟的是他喜欢上了那另一个姑娘。他不用考查自己的良心就明白他爱着凯瑟琳，还明白爱两个姑娘是不对的，是永远不会有好结果的。他眼下还不知道结果会可怕到什么程度。他只知道已经启动了。你们三个已经像带动一个轮子的三个齿轮，缠结在一起了，他对自己说，他还对自己说有个齿轮已经折了齿或至少磨损得很厉害了。他深深扎进清澈寒冷的海水，在那里就不用惦念谁了，然后钻出水面，甩一下头，朝外游了一程，这才回头游回海滩。

他穿好衣服，刚从海中上来，身上还是湿淋淋的，他把鸭舌帽塞进口袋，这才扛着自行车上坡走到路上，跨上车，驱车登上短坡路，双脚的后跟紧踩在脚镫上，感到大腿缺乏锻炼，靠着持续不断的冲刺，顺着黑色的道路一路攀登，仿佛他和这飞速前进的车成为什么脚上长着轮子的动物了。然后他靠惯性滑行下坡，双手按在刹车上，飞速地驶过那些弯子，顺着亮光光的黑色道路穿过松林一路下坡，到达旅馆后院前的拐弯处，那儿可见大海在树丛的后边闪出一片夏季的蔚蓝色。

姑娘们还没回来，他就进屋淋了浴，换上干净衬衫和短裤，出屋来到新装上美观的大镜子的吧台前。他把那大孩子叫来，要他拿来一只柠檬、一把刀子和一些冰块，给他示范怎样调制一杯汤姆·柯林斯酒[①]。过后他在酒吧凳上坐下，举起这一大杯酒，朝镜中望去。如果我四个月前就认识你，我可不知道会不会跟你喝上一杯，他想。大孩子给他送上《尼斯尖兵》报，他就边等边看。他刚才发现姑娘们还没回来感到失望，他惦念着她们，担心起来。

她们终于走进来了，凯瑟琳愉快兴奋极了，那姑娘却脸带悔意，默默无言。

“嗨，亲人儿，”凯瑟琳对戴维说。“啊，瞧这镜子。他们果真装上了。而且是面十分出色的。不过它照起人来倒是挺吹毛求疵的。我就去梳洗一下准备吃中饭。对不起，我们来晚了。”

“我们在城里停了一下，喝了杯酒，”姑娘对戴维说。“对不起，让你久等了。”

“喝了一杯？”戴维说。

姑娘竖起两个手指。她仰起脸来，吻了他一下就走。戴维又看起报来。

---

① 一种用金酒、柠檬汁、糖和苏打水调制的鸡尾酒，以首先调制这种酒的调酒师的名字命名。

凯瑟琳出现了，身穿戴维喜欢的那件深蓝色亚麻衬衫和宽松长裤，她说，“亲人儿，希望你并不生气。实在也不是我们的错。我看到了让，就请他陪我们喝一杯，他喝了，非常友好。”

“那发型师？”

“让。当然。我在戛纳还认识什么别的叫让的？他非常友好，还问起你呢。可以来杯马提尼酒吗，亲人儿？我只喝了一杯。”

“中饭现在该准备好了吧。”

“只要一杯，亲人儿。吃中饭也只有我们这几个人嘛。”

戴维不慌不忙地调了两杯马提尼酒，那姑娘走进来了。她身穿一袭白色雪克斯金连衣裙，看来给人清新凉爽的感觉。“我也可以来一杯吗，戴维？天好热啊。这里怎么样？”

“你原该留下照料他的，”凯瑟琳说。

“我过得不错，”戴维说。“海里游水非常惬意。”

“你用的形容词儿真有意思，”凯瑟琳说。“把什么都讲得怪生动的。”

“对不起，”戴维说。

“这又是个呱呱叫的词儿，”凯瑟琳说。“给你这新交的姑娘说说‘呱呱叫’是什么意思吧。这是个美国词儿。”

“我想我是懂得的，”姑娘说。“这是《扬基歌》[①]歌名的第三个词儿。请别生气啊，凯瑟琳。”

“我并不生气，”凯瑟琳说。“不过两天前你勾引我的时候，那才简直是呱呱叫，可是今天，如果我会有一丁点儿那种感觉，你就得把我当作是个我自己也不知道是怎么样的人儿。”

---

① 《扬基歌》为美国独立战争时期的一支流行歌曲，原文为“Yankee Doodle Dandy”，意为“呱呱叫的美国北方浑小子”。

"对不起，凯瑟琳，"姑娘说。

"又来个对不起对不起，"凯瑟琳说。"好像我懂得的那一点点事儿，不是你教的。"

"我们吃饭好吗？"戴维说。"这一天天气很热，魔鬼，你倦了。"

"我对什么人都厌倦，"凯瑟琳说。"请原谅我。"

"没什么可原谅的，"姑娘说。"对不起，我刚才太自以为是了。我到这里来原是不想这么着的。"她走到凯瑟琳身边，十分温柔地、轻轻地吻她。"好，做个乖姑娘吧，"她说。"我们该去吃饭了？"

"我们不是吃过中饭了吗？"凯瑟琳问。

"没有，魔鬼，"戴维说。"我们现在要去吃中饭啰。"

凯瑟琳在吃中饭时差不多从头到尾都通情达理，除了有点儿心不在焉的样子，等到吃罢时她说，"请原谅我，我想该去睡了。"

"我来陪你去，好好使你入睡，"姑娘说。

"我实在觉得喝得太多了，"凯瑟琳说。

"我也想进房去睡个午觉，"戴维说。

"请别这样做，戴维。高兴的话，等我睡熟了来吧，"凯瑟琳说。

约摸过了半小时，姑娘从屋里走出来。"她没事儿，"她说。"不过我们得多加小心，待她好，心里多多想着她。"

戴维走进屋时，凯瑟琳醒着，他就走过去，在床沿上坐下。

"我可不是个该死的病号，"她说。"不过多喝了点酒罢了。我知道。对不起，对你扯了谎。我怎么能这样做呢，戴维？"

"你当时记不起来了。"

"对。我是故意那样做的。你还会要我吗？我绝对不再使性子了。”

“你从没背弃过我啊。”

“我只指望你再要我。我要做你的真正忠实的姑娘，做到真正忠实。你喜欢这样吗？”

他吻她。

“认真地吻我吧。”

“啊，”她说。“请慢慢儿来。”

他们在第一天去过的那个小湾游水。戴维原打算叫姑娘们去游水，然后开那辆旧伊索塔车去戛纳，去修理刹车，把点火开关检修一下。可是凯瑟琳对他说请陪她们一起去游水，下一天去修车，而她睡了午觉，显得兴致勃勃、身心健康，又兴高采烈了。玛丽塔也一本正经地说，“请你也去好吗？”因此他开车把她们带到上那小湾的岔路口，在路上给她们俩操作那刹车，使她们明白有多么大的危险。

“开这辆车会害死你的，”他对玛丽塔说。“车子这样坏还要开，真是罪过。”

“我该买辆新车吗？”她问。

“天哪，不用。我来先把刹车去修修好就成。”

“我们需要一辆大一点的车才容得下我们大家，”凯瑟琳说。

“这是辆好车，”戴维说。“只需要好好大修一下就行。不过这车你应付不了。”

“你务必去找人，看能不能把它修好，”姑娘说。“如果修不好，我们就去买一辆你喜欢的车。”

后来他们躺在海滩上让太阳晒黑皮肤，戴维懒洋洋地说，“下水去游游吧。”

“给我头上倒点水，”凯瑟琳说。“我带来了一只盛沙子的提桶，在帆布背包里。”

“啊，我感到舒服极了，”她说。“可以再来一下吗？在我脸上也倒一点。”

她躺在阳光下的硬沙滩上，就在她那白色浴袍上，戴维和那姑娘朝海中游去，绕过小湾口的那些岩石。姑娘游在前面，戴维追上她。他伸出手去，抓住她的一只脚，然后把她紧紧搂在怀里，吻她，两人踩着水。在水里，她摸上去滑溜溜的，有点怪，他们就这么身子紧挨在一起，一边亲吻一边踩水，显得身子一般高。然后她把头钻进水里，他身子朝后仰，她冒出水面，哈哈大笑，甩甩像海豹一样油亮滑溜的脑袋，又把双唇贴在他的上面，两人亲吻着，终于又双双潜下水去。他们并肩躺在水面上，漂浮着，触摸着，然后着力而欢快地吻着，又潜下水去。

“我现在什么都不担心了，”两人又钻出水来，她说。“你也大可不必。”

“我不会，”他说，两人就游回去。

“你还是下水好，魔鬼，”他对凯瑟琳说。“你的头会给晒得太热的。”

“好吧。我们下水吧，”她说。“现在让这女继承人晒晒黑吧。我来给她抹上点防晒油。”

“不要抹得太多，”姑娘说。“我也可以头上浇桶水吗？”

“你的头已经湿得不能再湿了，”凯瑟琳说。

“我只是想感觉一下浇水的滋味，”姑娘说。

“蹚水出去，戴维，舀一桶好好的冷水来，”凯瑟琳说。等他在玛丽塔的头上倒上了这又清又凉的海水，玛丽塔就把脸埋在臂弯里，独自躺着，两人撇下她朝海中游去。他们轻松地漂浮着，像两只海洋生物，凯瑟琳说，“要是我当初并不疯疯癫癫，不是会挺好吗？”

“你并不疯疯癫癫。”

“今天下午并不，”她说。“反正到现在还没有。我们可以再游出去点吗？”

“已经游得相当远啦，魔鬼。”

“好吧。我们往回游吧。不过这儿的深水真是美。”

“你可想再潜一下水才游回去？”

“就潜一次，”她说。“在这非常深的地方。”

“我们来潜下水去，潜到还能回得上来的深处。”

第十六章

天色亮得仅仅足以看清松树的树干时，他醒过来，小心地下了床，没有弄醒凯瑟琳，找到了短裤，然后顺着旅馆的长廊走到他的工作室，脚底被石板地上的露水弄得湿漉漉的。他开房门时，皮肤上又感觉到海上送来的微风，预示这一天天气会怎么样。

他坐下时太阳还没升起，自以为找补回了一点在写这篇小说时所失去的时间。但是等他把用清晰的字迹小心地写好的部分重读一遍时，这些文字把他带到了那另一片国土去，他就失去了这时间上的有利条件，又面临着那同样的难题，于是当太阳从海上升起时，对他来说，实在是早已升起了，他已经早在跋涉那些快干涸的灰色苦水湖①，靴子上这时覆上了一层白碱。他感觉到脑袋和脖子和背脊上的阳光的分量。他的衬衫湿了，他感觉到汗水淌下背脊，在两条大腿间往下淌。他站直了舒一口气，缓缓地呼吸，衬衫从两肩耷拉下来，这时他能感觉到汗水在阳光下干掉，看到身上的盐分干成白色的一摊摊。他能感觉到并看到自已站在那儿，知道除了继续前进没有其他事可做。

十点半时，他涉过了那些湖泊，已经远远地把它们抛在后面。这时他已走到那条河和那一大片无花果树前，他们打算在那儿扎营。树干的表皮呈黄绿色，树枝粗大。狒狒常吃这野生的无花果，地上有狒狒的粪便和破裂的无花果。气味难闻。

不过这十点半是他在房中在他手表上看到的，这时他正坐在桌前感觉到海上送来的微风，而真实的时间已是黄昏，他正背靠一棵灰黄色的树的树根坐着，手拿一杯兑水的威士忌，地上的无花果给扫掉了，他看着脚夫们屠宰那头麋羚，那是他们到达河边前经过第一片低洼的草地时他枪杀的。

我要把这些兽肉留给他们，他想，因此不管后来会发生什么事，今晚人们在这营地会是欢乐的。于是他收起了铅笔和笔记本，锁上衣箱，走出房门，顺着这时又干燥又温暖的石板地走到旅馆的露台上。

那姑娘正坐在一张桌子边看书。她身穿条纹渔民衫和网球短裙，脚上穿一双平底凉鞋，见他来了就抬头来望，戴维以为她就要脸红了，但她显然抑制住了，说，“早上好，戴维。写作顺利吗？”

“顺利，美人儿，”他说。

她就站起身，吻他，祝他早上好，说，“那我非常高兴。凯瑟琳去戛纳了。她说过，要跟你说由我来陪你去游水。”

“难道她当时没有要你一起进城？”

“没有。她要我留下。她说你起床特早去写作，也许等写好了会感到寂寞的。我来叫些早餐好吗？你不该经常不吃早餐啊。”

姑娘走进厨房，拿了盘火腿蛋还有英国和索伏拉生产的两种芥末酱走出来。

“今天写得困难吗？”她问他。

“不，”他说。“经常有困难，不过也很容易。进行得挺顺利。”

“但愿我能帮忙。”

“谁也帮不了忙，”他说。

“不过在其他方面我能帮忙，是不？”

---

① 苦水湖的水中含有大量硫酸钠。

他想说哪有什么其他方面，但没有说出口，却是这样说，“你能啊，而且你做了。”

他拿一小片面包抹掉浅盘上留下的那一点儿煎蛋和芥末酱，然后喝了些茶。“睡得好吗？”他问。

“好极了，”姑娘说。“但愿这并不表示不忠诚。”

“对。这表示明智。”

“我们不要这样相敬如宾可好？”姑娘问。“到现在为止，一切都是十分简单而美好。”

“对，我们不要这样吧。我们也不要再说‘我不能，戴维’这套废话啦，”他说。

“好吧，”她说，站起身来。“想去游水的话，到我房间去叫我。”

他站起身来。“请别走，”他说。“我不再做讨厌鬼了。”

“别为了我这样做，”她说。“唉，戴维，我们怎么能竟然搞成这样的关系？可怜的戴维。女人们把你怎么啦。”她这时正抚摸着他的头，冲着他微笑。“想游水的话，我去拿游水用的东西。”

“好，”他说。“我去拿凉鞋。”

* * *

戴维在沙滩上一块红色岩石的阴影下铺上两件浴袍和两条大毛巾，两人就躺在沙地上，姑娘说，“你下水去游，然后我跟上。”

他十分缓慢而轻柔地从她身边抬起身子，离开她，从沙滩朝外蹚水走到水冷的地方，扎下水去，在深水中潜泳。等他冒出水来，他迎着海风的冲击朝外游，然后游回来，游到姑娘站在水中等他的地方，海水没到她的腰际，一头黑发又光滑又潮湿，浅棕色的身子上淌着水。他紧紧搂住她，海浪拍打着他们的身子。

两人相吻，她说，“我们的一切都被海洋冲走了。”

“我们不得不回去啊。”

“我们紧紧抱住了再一起潜一下水吧。”

回到旅馆，凯瑟琳还没回来，戴维和玛丽塔洗了淋浴，换了衣服，坐在吧台前，面前是两杯马提尼酒。他们望着大镜子里对方的影子。他们十分仔细地端详着对方，然后戴维一边望着她一边把一个手指在自己的鼻子下捋了一下，于是她脸红了。

“我要多干一些这一类的事，”她说。“只有我们俩一起干的事，这样我才不用妒忌了。”

“我不愿抛下过多的锚，”他说。“你会把锚链缠在一起的。”

“不。我要想法做些事来保住你。”

“好一个讲求实际的女继承人，”他说。

“但愿我能改变这个称呼。你不想吗？”

“称呼是牢不可破的，”他说。

“那我们就来认真地改变我的称呼吧，”她说。“你不会太在意吧？”

“对。……Haya.”

“请再说一遍。”

“Haya.”

“好听吗？”

“非常好听。这是我们两人之间用的小名。永远不是为别人的。”

“Haya 是什么意思[①]？”

“一个会脸红的人。羞怯的人。”

---

① Haya，斯瓦希里语：羞耻，谦恭。

他把她紧紧地搂住，她安稳地偎在他身上，脑袋搁上他的肩头。

“就这么再吻我一次吧，”她说。

凯瑟琳走进这大房间，头发凌乱，情绪激动，满怀着一股有所成就才有的乐劲儿。

“你当真带他去游水啦，”她说。“你们俩的确看上去挺俊，尽管洗了淋浴头发还是湿的。我来好好看你们一下。”

“我来好好看你一下，”姑娘说。“你把头发怎么搞的？”

“这是灰白色，”凯瑟琳说。“你喜欢吗？这种染发剂，让正在试用。”

“很美，”姑娘说。

凯瑟琳的头发被黝黑的脸色一衬，显得异样而令人兴奋。她拿起玛丽塔的酒，边呷边看大镜子里自己的影子，说，“你们游水乐吗？”

“我们俩都游得很开心，”姑娘说。“不过时间没昨天那么长。”

“这酒真好喝，戴维，”凯瑟琳说。“什么东西使你调的马提尼酒比别人的都好啊？”

“金酒，”戴维说。

“请你给我调一杯好吗？”

“你现在用不着，魔鬼。我们就要吃中饭啦。”

“不，我要，”她说。“饭后我要去睡觉。你可不用经受把头发漂白了再漂白那一套。累死人啦。”

“你现在的头发究竟是什么颜色？”戴维问。

“差不多像是白的吧，”她说。“你会喜欢的。我可想这样保持下去，以便看看能不能持久。”

“白到什么程度？”戴维问。

“跟肥皂沫差不离吧，”她说。“你记得吗？”

当天晚上，凯瑟琳的模样跟中午完全不相同了。他们俩游了水开车回来时，她正坐在吧台前。那姑娘去她房间了，戴维走进这大房间就说，“你这下把自己怎么了，魔鬼？”

“我用洗发剂把这劳什子全洗掉了，”她说。“它弄得枕头上留下一摊摊灰色的污迹。”

她看上去十分惹眼，头发呈极淡的银色，简直无色调可言，使她的脸色显得从没这么深过。

“你真美得要命，”他说。“不过我还是但愿人家从没动过你的头发。”

“现在要拿它怎么样可为时太晚了。我给你讲些别的事可好？”

“当然好。”

“我明天不打算喝酒了，要学西班牙语，再好好看书，不再净想着自己。”

“我的天，”戴维说。“你这一天可过得不平凡。得，让我来喝一杯，然后回房去换衣服。”

“我会留在这儿的，”凯瑟琳说。“穿上你那件深蓝色衬衫可好？就是我给你买的那件，跟我的一件一样的。”

戴维慢悠悠地洗淋浴，换衣服，等他回到酒吧，两个姑娘正一起坐在吧台前，他心想能把她们画下来多好。

“我把我的新生活的情况跟女继承人说了，”凯瑟琳说。“就是我刚翻到的那一页，还跟她说我多么希望你也爱上她，如果她要你的话，你可以也娶她。”

“如果我在非洲以伊斯兰教徒的身份登记在案的话，我们就可以这样做。人家准许你娶三个老婆。”

“我想我们都是夫妻关系的话，情况会好得多，”凯瑟琳说。“那就没人可以指责我们了。你真想嫁给他吗，女继承人？”

“想，”姑娘说。

“我太高兴了，”凯瑟琳说。“我担心的事这下变得全都再简单不过了。”

“你真想？”戴维问这黑皮肤姑娘。

“对，”她说。“向我开口吧。”

戴维望着她。她非常严肃，激动。他想起她冲着阳光闭上眼的那张脸，一头黑发衬着铺在黄色沙地上的白色毛巾浴袍，那是他们俩终于做爱时的情景。“我会向你开口的，”他说。“不过不会在什么该死的酒吧内。”

“这儿可不是什么该死的酒吧，”凯瑟琳说。“这是我们自个儿专用的酒吧，我们还买了这面大镜子。但愿我们可以在今晚让你们俩成婚。”

“别讲屁话啦，”戴维说。

“我才不呢，”凯瑟琳说。“我说的是真心话。没错。”

“想来一杯吗？”戴维问。

“不，”凯瑟琳说。“我想先把话说清楚。对我看看就明白了。”姑娘正低垂着目光，戴维就对凯瑟琳看。“今天下午我把这事全考虑好了，”她说。“我真这样做了。我不是跟你讲了吗，玛丽塔？”

“她跟我讲了，”姑娘说。

戴维看出她对这事很认真，明白她们俩取得了某种谅解，这是他还不知道的。

“我依旧是你的妻子，”凯瑟琳说。“我们来把这个做出发点。我要玛丽塔也做你的妻子来帮衬我，到时候继承我的财产。”

“干吗她得继承你的财产？”

“人总要立遗嘱的啊，”她说。“而且这比遗嘱更重要。”

“你怎么说？”戴维问姑娘。

“如果你要我这么做，我就做。”

“好，”他说。“我来一杯，你们介意吗？”

“请来一杯吧，”凯瑟琳说。“你知道，我不想万一我神经错乱了、没法作出决定的时候把你给毁了。另一方面，我不想让人叫我闭口不谈。这一点我也作出了决定。她爱你，而你有点儿爱她。我看得出来。你绝对找不到另一个像她那样的人了，而我不想你去找个该死的坏娘们，要不只能感到孤单。”

“得了，高兴起来吧，”戴维说。“你的身体跟山羊一样棒呢。”

“好，我们就来干吧，”凯瑟琳说。“我们会把一切都安排好的。”

第十七章

这时室内阳光灿烂，又是新的一天了。你还是动手写作的好，他对自己说。你一点也没法挽回这局面啦。只有一个人能把它挽回，可她没法知道自己会怎样清醒过来，也不知道醒过来时自己是否还在原处。你心情如何可没关系。你还是动手写作的好。在这方面你必须通情达理。可你在另一方面一点也不通情达理。什么也帮不了你。这事从一开始就是如此。

等他终于回到在写的那篇故事中，太阳升得老高了，他已经忘了那两个姑娘。有必要设想他父亲那天傍晚在想些什么，当时他背靠那棵无花果树黄绿色的树干坐着，手里端着一搪瓷杯兑水的威士忌。他父亲一向满不在乎地对待邪念，从不给它可乘之机，不让它自以为了不起，这样它就没有地位，不像个样子，也没有尊严了。他拿邪念当一个委托给他的老朋友来对待，戴维想，而邪念在降祸于他时从来不知道已得了分。他父亲并不容易受到伤害，这他知道，而且跟他认识的人中的大多数人不同，只有死神才能置他于死地。他终于弄清楚了他父亲当时的想法，但是弄清楚了却并不把它写进那篇小说中去。他只写下他父亲的行为和感受，而在写下这一切时，他变成了他的父亲，而他父亲对摩洛[①]说过的话正是他自己说过的话。他在树下的地上美美地睡去，他醒来过，听到豹子发出咳嗽般的喀喀声。后来在营地中，他听不到豹子声了，但知道它还在外面，就又入睡了。这豹子在找猎物，猎物多的是，所以不成问题。早上天还没亮，他坐在火堆的灰烬旁，手拿盛着茶的搪瓷有些剥落的杯子，问摩洛那豹子可曾抓到猎物，摩洛说，“正是，”他就说，“我们要去的地方猎物多的是。叫大伙儿动起来，我们可以开始攀登。”①

他们在那悬崖上方多树的天然公园般的高地上穿行，这是第二天，这时他终于停了笔，对这片土地和这一天和他们已赶过的路程都感到满意。他有他父亲那种能忘却眼前的事的本领，而且并不害怕即将发生的任何事。他停笔时，还有在这片新的高地上一天一夜的经历待写，而今天他重新度过了当初的两天一夜。

他这下撇下了那片土地，但他父亲的影子还在他的心里，这时他锁上房门，走回到那大房间和吧台前去。

他对那大孩子说不想吃早饭，叫他拿杯兑矿泉水的威士忌和一份晨报来。这时已过中午，他本想把那辆伊索塔旧车开到戛纳，务必把它修理好，但他知道这时汽车行都已打烊，来不及了。结果他在吧台前站住了，因为在这个时辰要找他父亲的话就该到这地方来，因为刚从那片高地下来，他惦念他。外边的天空非常像他刚撇下的那个天空。又高又蓝，云朵是白色的积云，他欢迎他父亲光临这酒吧，等到朝大镜子瞥上一眼，才知道自己是孤身一人。他原想请教他父亲两件事。他父亲度过的一生比他认识的任何人的都更富有灾难性，但他能给人出色的忠告。他把犯过的所有错误加上即将犯的给人新鲜感的错误汇合成一团苦涩的杂烩，从中提炼出这些忠告，准确精到地向人提出，富有权威性，就像一个人得悉了对他作出的判决书上的那些格外可怕的条款，却不当一回事，竟拿这当做一张横渡大西洋的船票上印着的小字。

他感到遗憾他父亲没有待下来，但仍能很清晰地听到他提出的

① 也是他父亲当年雇用的土人。

忠告，不禁笑起来。他父亲原会提得更精确，可惜他，戴维，停了笔，因为他累了，而一累就无法恰如其分地发挥他父亲的风格了。说老实话，谁也无法做到，而有时候他父亲本人也做不到。他现在明白了，比以往任何时候更清楚，为什么一直拖延，不动手写这篇小说，他还明白，既然眼前中断了写作，就不该去想它，否则就会损害自己继续写下去的能力。

你不能在动笔前就发愁，在停笔时也不能，他对自己说。你福气好，有这份写作能力，现下就别拿它来瞎忙乎啦。要是你无法尊重自己处理生活的方式，那你当然该尊重自己的手艺。你至少精通自己的手艺吧。不过这实在是篇挺糟糕的东西。天哪，正是这样。

他又呷一口兑矿泉水的威士忌，望望门外夏末的阳光。他正在宽下心来，这是他一向能做到的，而这杯能醉倒巨人的酒使光景更好了。他想，不知道两位姑娘在哪儿。她们又迟迟不来，他希望这一回不会出什么坏事。他不是个悲剧角色，有了那样的父亲，本人又是作家，排除了这种可能，等他喝完了这兑矿泉水的威士忌，觉得越发不像是了。就他记忆所及，每天早上醒过来时总是高高兴兴的，直到白天的偌大负担影响了他，而眼下他已接受了这一天，而所有其他的日子他都是这样独自接受下来的。他早已丧失了为个人的事感到难受的能力，也许只是他自以为如此，因此只有别人的遭遇才能真正伤害他。他相信这一点，这当然是不正确的，因为当时他并不知道人的能力能如何改变，也不知道对方能如何改变，而这倒是个叫人宽慰的想法。他想起那两个姑娘，盼望她们就会前来。午饭前去游水已经来不及了，但他很想见到她们。他想着她们俩。随后他走进他和凯瑟琳的房间，洗了淋浴，然后刮胡子。他正刮着，听到那辆汽车开回来的声音，突然感到心里空落落的。接着他听到她们的说话声，听到她们的笑声，就找了条干净短裤和一件衬衫，把它们穿上，走出去看看情况怎么样。

他们三人恬静地喝了杯酒，然后吃午饭，东西不差但量不多，他们喝塔韦尔酒，等到吃干酪和水果时，凯瑟琳说，“我该告诉他吗？”

“随你的便，”姑娘说。她端起酒杯，喝下了一部分酒。

“我不记得该怎么讲了，”凯瑟琳说。“我们拖得太久了。”

“难道你想不起来了？”姑娘说。

“对，我忘了，可是真精彩。我们把什么都想好了，实在真精彩。”

戴维管自再斟了一杯塔韦尔酒。

“你想就把具体的内容讲出来吗？”他问。

“我知道这是具体的内容，”凯瑟琳说。“那就是昨天你陪我一起午睡，然后你进了玛丽塔的房间，可今天你可以直接到那儿去。不过这下子我把事情弄糟了，我的希望是我们大家可以干脆一起午睡。”

“不要午睡，”戴维听见自己在说。

“我看也不要，”凯瑟琳说。“得，很抱歉我把话全说错了，可我没法不把心里想望的说出来。”

回到房内，他对凯瑟琳说，“让她见鬼去吧。”

“不，戴维。她愿意干我要她干的事嘛。也许她会告诉你的。”

“操她。”

“嘿，你已经做到了，”她说。“可要谈的不是这一点。去找她谈谈吧，戴维。如果想操她，那就为了我好好儿操她吧。”

“别说粗话。”

“你先用了这词儿。我不过把它回敬给你罢了。就像打网球那样。”

“行了，”戴维说。“你看她会跟我说些什么话？”

“我教她的那番话，”凯瑟琳说。“我已经忘掉的那番话。别这么一副正儿八经的样子，否则我就不让你去了。你正儿八经的时候，可怪吸引人的。你还是趁她还没忘掉那番话的时候去吧。”

“你也见鬼去。”

“说得好。你现在反应良好了。我喜欢你更漫不经心的时候。跟我吻别吧。我是说作为下午好的表示。你还是当真去吧，要不然她当真会忘掉那番话的。难道你不明白我是多么通情达理和心地善良？”

“你并不通情达理和心地善良。”

“可你喜欢我。”

“当然。”

“可想要我告诉你一个秘密？”

“新的秘密？”

“老的。”

“好吧。”

“要把你带坏并不太难，而且把你带坏可有趣呐。”

“你当然知道。”

“这不过是个有趣的秘密。哪里有什么带坏的事啊。我们不过乐一场罢了。进去吧，要她讲我教她的那番话吧，免得她也忘了。去啊，做个乖孩子，戴维。”

在旅馆另一头那间房内，戴维躺在床上说，“究竟是怎么回事啊？”

“就是她昨晚说过的话呗，”那姑娘说。“她说的是真心话。你不知道她是多么地出于内心。”

“你告诉她我们做过爱了？”

“没有。”

“她知道了。”

“要紧吗？”

“看来并不要紧。”

“来杯酒，戴维，舒舒心吧。我并不无动于衷，”她说。“希望你明白这一点。”

“我也不无动于衷，”他说。

于是两人的嘴唇贴在一起了，他感到她的身子抵住自己的身子，乳房抵住自己的胸膛，嘴唇紧贴在自己的上面，她然后张开嘴，把头左右摆动，喘着气，他感到自己的皮带扣紧贴着肚皮，两手忙乎着。

他们躺在沙滩上，戴维仰望着天空和移动的云朵，什么都不想。想，没什么好处，他躺下时曾想到如果他不去想什么，那么所有的坏事可能会全都消失。两个姑娘在说话，可他并不去听。他躺着，望着九月份的天空，等到姑娘们不作声了，他开始想了，没有朝那姑娘望就问，“你在想什么？”

“什么也不想，”她说。

“问我吧，”凯瑟琳说。

“我猜得出你在想什么。”

“不，你猜不出。我刚才在想普拉多博物馆。”

“你去过吗？”戴维问那姑娘。

“还没有，”她说。

“我们去，”凯瑟琳说。“什么时候去呢，戴维？”

“什么时候都可以，”戴维说。“我想写完这篇小说再说。”

“你会刻苦地写这篇小说吗？”

“我正在这样做。不可能更刻苦了。”

“我并不是说要你匆促完成啊。”

“我不会的，”他说。“要是在这儿感到乏味，你们俩可以继续赶路，我会去找你们的。”

“我不想这么干，”玛丽塔说。

“别犯傻了，”凯瑟琳说。“他是故作高尚的姿态而已。”

“不。你们走好了。”

“没有了你就不会有什么乐趣，”凯瑟琳说。“这你是知道的。我们俩在西班牙不会有乐趣可言。”

“他在写作呀，凯瑟琳，”玛丽塔说。

“他可以在西班牙写作嘛，”凯瑟琳说。“大量的西班牙作家该都是在西班牙写作的吧。如果我是作家，我说得准能在西班牙好好写作。”

“我可以在西班牙写作，”戴维说。“你们想什么时候动身？”

“真该死，凯瑟琳，”玛丽塔说。“他这篇小说正写到一半呀。”

“他已经写了六个多星期了，”凯瑟琳说。“为什么我们不能去马德里？”

“我说过可以的嘛，”戴维说。

“你千万别这样做，”姑娘对凯瑟琳说。“千万别试图这样做。难道你一点良心都没有？”

“你倒好，讲起良心来了，”凯瑟琳说。

“对有些事，我是讲良心的。”

“这就好。很高兴知道这一点。好吧，当有人企图设想对大家最好的办法时，你能不能懂些礼貌，别来打岔？”

“我要去游水了，”戴维说。

姑娘站起身来，跟随他走了，到了那小湾边，两人踩起水来，她说，“她疯了。”

“所以别责备她。”

“可你打算怎么办？”

“写完那篇小说，动笔写另一篇。”

“那么你跟我干什么呢？”

“能干什么就干什么吧。”

第十八章

他用四天工夫写好那篇小说。他把写作过程中累积起来的紧迫感全都写进去了，他心情中有谦虚的一面，担心它可能不如他想象的那么好。而那冷静、坚强的另一面使他明白实在更好。

“今天情况怎么样？”姑娘问他。

“写好了。”

“能看看吗？”

“随你的便。”

“你真的不介意？”

“就在那衣箱内上面的两本笔记本内。”他把钥匙递给她，然后在吧台前坐下，喝兑矿泉水的威士忌，看晨报。她回来后，在一张离他稍远的圆凳上坐下，看那篇小说。

她看完了，又开始看一遍，他管自又调了一杯威士忌苏打水，看她在阅读。等她看完了第二遍，他说，“你喜欢吗？”

“这不是一篇你喜欢还是不喜欢的东西，”她说。“写的是你父亲，是不？”

“当然。”

“就在那时你不再爱他了？”

“不。我一直爱他。那时我理解他了。”

“这故事挺可怕，可是写得挺出色。”

“很高兴你喜欢，”他说。

“我来把它放回去，”她说。“我喜欢在那房间锁上时开门进去。”

“我们有同感，”戴维说。

他们俩去了海滩回来，在花园里见到凯瑟琳。

“原来你们回来了，”她说。

“是啊，”戴维说。“我们游得挺欢。但愿你也去了。”

“得，我可没去，”她说。“也许你有点感兴趣。”

“你去了哪儿？”戴维问。

“去戛纳办了点私事，”她说。“你们俩吃中饭迟到了。”

“很抱歉，”戴维说。“吃中饭前想喝些什么吗？”

“对不起，少陪了，凯瑟琳，”玛丽塔说。“我马上就回来。”

“还是喝了酒才吃中饭吗？”凯瑟琳问戴维。

“对，”他说。“如果你多多运动，我看这样做就不要紧。”

“我早上进去时吧台上有只空的威士忌酒杯。”

“是啊，”戴维说。“我确实喝了两杯威士忌。”

“确实，”她学他的腔调说。“你今天英国味儿特足。”

“当真？”他说。“我并不觉得英国味儿特足啊。我倒觉得有点儿像个半拉子塔希提人[1]。”

“正是你这种说话方式叫我恼火，”她说。“你挑的字眼儿。”

“懂了，”他说。“你可想在人家拿下肚的东西来之前干一口吗？”

“你不必当小丑啊。”

“最佳的小丑是不用说话的，”他说。

---

① 塔希提岛为太平洋中南部社会群岛中的一个，为法属波利尼西亚海外领地的首府帕皮提的所在地。

“没人责怪你是个最佳小丑啊，”她说。“好。我想来一杯，如果要你调一杯不太麻烦的话。”

他调了三杯马提尼酒，一杯杯分别计量成分，倒进有一大块冰的大口壶内，然后搅和。

“这另一杯给谁？”

“玛丽塔。”

“你的情妇？”

“我的什么？”

“你的情妇。”

“你当真说出口了，”戴维对她说。“这个词儿我从没听人念出过[①]，而且绝对没指望能在此生听到哪怕只有一次。你实在了不起。”

“是个普普通通的字眼儿嘛。”

“就字眼儿来说，正是这样，”戴维说。“不过在交谈中明目张胆地使用它是另一回事。魔鬼，乖点儿吧。你难道不能说‘你那黑里俏的情妇’吗？”

凯瑟琳举起酒杯，望着别处。

“我可一向以为这样逗笑很有趣呢，”她说。

“你想做得通情达理吗？”戴维问。“我们俩都通情达理好吧？”

“不，”她说。“你那位随你管她叫什么的来了，还是像往常那样甜蜜可爱、天真无邪。说真的，真高兴我在你之前就跟她搞上。亲爱的玛丽塔——告诉我，戴维今天开始喝酒之前工作过吗？”

---

① 因为凯瑟琳在这里用了个源出古法语的 paramour（情妇），而不是现代一般用的 mistress。

“你工作过吗，戴维？”玛丽塔问。

“我完成了一篇小说，”戴维说。

“那想必玛丽塔已经看过了？”

“对，我看过了。”

“你知道，我从没看过一篇戴维写的小说。我从不介入。我只设法在经济方面使他能放手干他力所能及的最出色的工作。”

戴维呷了口酒，朝她望去。她还是那个妙不可言的黑里俏姑娘，象牙白的头发像道伤疤横在她前额上。只有那双眼睛变了，还有她的嘴唇，这时正在说些本来不会说的话。

“我认为那是篇非常好的小说，”玛丽塔说。“很奇特，还有pastorale在英语中怎么说。后来变得可怖了，我说不上来是怎么回事。我认为它magnifique。①”

“行了——，”凯瑟琳说。“我们都会讲法语，你是知道的。你大可把这番感情冲动全用法语表达出来啊。”

“我被这篇小说深深地打动了，”玛丽塔说。

“因为是戴维写的，还是因为它真正是第一流的？”

“两者都是，”姑娘说。

“好吧，”凯瑟琳说，“那么还有什么理由我不能看这篇不同凡响的小说呢？我为此出过钱的啊。”

“你干了什么？”戴维问。

“也许并不完全是这样。你跟我结婚时确实有一千五百块钱，还有那本写那么许多疯狂的飞行员的书销路不坏，可不是吗？你从没告诉过我挣到了多少。不过我确实出了一笔可观的钱，而你必须

① 这两个法语中的形容词，前者意为“有牧歌风”，后者意为“真了不起”。

承认你的生活过得比你跟我结婚前更舒适。”

姑娘一声不吭，戴维注视着那招待在露台上安排餐桌。他看看手表。这时比他们平时吃中饭的时间约摸早二十分钟。“我想进房间去梳洗一下，如果可以的话，”他说。

“别这么该死的假客气啦，”凯瑟琳说。“为什么我不能看这篇小说？”

“还是用铅笔写的。甚至还没用打字机打好呢。你不会喜欢就这样看的。”

“玛丽塔就这样看过。”

“那么吃了午饭看吧。”

“我现在就要看，戴维。”

“我实在不想让你在午饭前看。”

“它叫人恶心吗？”

“这篇小说写的是早在一九一四年大战前非洲发生的事。在马及-马及战争[1]的时期。一九〇五年坦噶尼喀土人起义。”

“我不知道你会写历史小说。”

“希望你不看算了，”戴维说。“这故事发生在非洲，当时我大约八岁。”

“我要看。”

戴维去到吧台的另一端，正在摇着一只革制的小杯，倒出骰子。那姑娘坐在凯瑟琳旁边的圆凳上。她注视着凯瑟琳在阅读，他注视着姑娘。

---

① 1886 年，东非的坦噶尼喀被划为德国的势力范围，1905 年到 1907 年，坦噶尼喀南部的恩戈尼族人民发动大规模的“马及-马及”起义。

“开头写得非常好，”凯瑟琳说。“尽管你的字写得糟透了。那片乡野真出色。那段旅程。就是玛丽塔误称之为‘有牧歌风’的段落。”

她放下第一本笔记本，姑娘把它捡起，握着搁在大腿上，两眼还是注视着凯瑟琳。

凯瑟琳继续阅读，这时一声不吭了。她把第二部分看了一半。然后她把本子一扯为二，扔在地板上。

“真可怕，”她说。“真残忍。原来你父亲是这个样子的。”

“不，”戴维说。“不过这只是他的一个方面。你还没看完。”

“说什么也没法叫我看完。”

“我原来就压根儿不想让你看嘛。”

“不对。你们俩合计着要我看的。”

“可以把钥匙给我，戴维，让我去把它锁起来吗？”姑娘问。她已从地板上捡起那扯成两半的笔记本。本子实在不过被撕开了。没有给撕成两片。戴维把钥匙给了她。

“写在这种孩子用的笔记本上，使它更可怕了，”凯瑟琳说。“你是个怪物。”

“那是场十分奇特的起义，”戴维说。

“你是个十分奇特的人，竟然把它写出来，”她说。

“我早要你别看的嘛。”

她这时哭了。“我恨你，”她说。

他们俩躺在卧室内的床上，时间很晚了。

“她会走的，你就可以把我关起来，或者送精神病院，”凯瑟琳说。

“不。不是这么回事。”

"可是你提议过我们到瑞士去①。"

"如果你心神不定，我们可以去找个好医生。就像我们去找牙医那样。"

"不。人家会把我关起来的。我知道。凡是我们认为毫无问题的事，他们会认为是荒唐古怪的。我知道那是些什么场所。"

"开车去很轻松愉快。我们要经过埃克斯和圣瑞美，顺着罗讷河北行，从里昂开到日内瓦。我们要去找他，听些好的医嘱，把这次旅行弄得挺有趣。"

"我不去。"

"一个非常高明的医生能——"

"我不去。听见了吗？我不去。我不去。你要我大叫大嚷吗？"

"得了。别再去想它了。想法入睡吧。"

"要是我并不非去不可的话。"

"我们并不非去不可。"

"那我就睡。你明儿早上要工作吗？"

"要。还是工作的好。"

"你会好好工作的，"她说。"我知道你会。晚安，戴维。你也好好睡吧。"

他好久没法入睡。等入睡了，他梦见非洲。那是些好梦，直到最后一个梦使他醒来。他就起身，从那个梦境出来径直开始工作。太阳还没从海上升起，他就好好进入了这篇新的小说中，后来也没有从他坐的地方抬眼去看太阳有多红。在小说中，他②正在等月亮

① 瑞士有不少好的疗养院，有出色的精神病医生。

② 从这里开始，海明威把他的短篇小说《一个非洲故事》分成五大部分，分别插入本章、第20、21、22及24章。文句略有些出入。

升起，拍拍他的狗要它安静，觉得狗毛在手下竖起来，人和狗都看着听着，后来月亮升起，投下他们的影子。这时他一臂绕着狗的脖子，感觉到它在发抖。万籁俱寂。他们听不到象的走动声，直到狗转过头来，仿佛要硬挤进戴维的身子里去时，他才看到这头象。接着象的影子落在他们身上，它走过他们身前，一点声音也没有，他们在山上送来的轻风中闻到它的气味。这气味很浓，但是走了味，发酸，它走过时，戴维看到左面那支象牙长得差一点碰到了地面。他们等着，但没有其他象来，戴维和狗就在月光下拔脚飞奔。狗紧紧跟在他后面，等戴维停下步，狗的口鼻紧贴上他膝部的后边。戴维非要再看看这头公象不可，他和狗终于在森林边又碰上了它。它正朝山冈走去，这时在夜来不断地吹的微风中走得很慢。戴维走到离它相当近的地方，看见它又挡住了月亮，闻到发酸的走了味的气味，可是看不到右面的那支象牙。他不敢带了狗跑得更近，就顺着风带它拐回来，把它按在一棵树的树脚前，要它明白他的意图。他以为狗会待下不动，它果然待下了，可是等戴维朝那象的巨大身影又走去时，感觉到那湿漉漉的口鼻贴在他膝部后面的凹处。

人和狗跟着象走，直到它走到林中一片空地。它站住了，掀动着两只大耳朵。它硕大的身躯在阴影中，不过月光就会照上它的头的。戴维伸手到背后，轻轻捏住狗的嘴，然后悄悄地走动，屏住了气，沿着夜风的边缘朝右走，感到微风吹在脸颊上，他顺着风侧身移动，始终没有让风介于他和那硕大的躯体之间，终于看清这象的头和两只慢慢掀动着的大耳朵。右面那支象牙跟他自己的大腿一般粗，朝下弯，几乎碰到地面。

他和狗朝后退，这时风吹在他脖颈上，他们由原路走出森林，走上开阔的狩猎地带。这时狗走在他前面，走到小径边戴维和它追踪象时把两支狩猎用的长矛留下的地方，就停了步。他把两支长矛连带上面的皮带和革制的套子一起甩上肩头，手里握着那支一向随身带着的最好的长矛，和狗走小径朝农场走去。这时月亮高挂在空中，他纳闷为什么农场上没传来鼓声。如果他父亲在那里而没有鼓声，这就奇了。

第十九章

两人正躺在三个小湾中最小的那个的坚实的沙滩上，他们单独一起时常到这儿来的，这时姑娘说，“她不会上瑞士去的。”

“她也不该去马德里。西班牙不是个适宜精神崩溃的地方。”

“我觉得好像我们俩早早就结了婚，可是什么也没得到，只招来了不少麻烦。”她把他额上的头发朝后捋，吻他。“你现在想游水吗？”

“想。我们从高岩上跳水吧。从那块确实高的岩石。”

“你跳，”她说。“我要朝外游，你从我头顶上往下跳。”

“好啊。不过等我跳下时你身子不要动。”

“看看你能跳得离我多近。”

她朝上望，看他在高岩上站稳了，弯着褐色的身子，被蓝天衬托着。接着他朝她跳下，一股水花从她肩后水面上形成的一个水潭中扬起。他在水下转身，在她面前冒出水来，甩甩脑袋。“我切入水时太过头了，”他说。

他们朝外游到那岬角，再游回来，然后在沙滩上擦干彼此的身子，穿上衣服。

“你刚才真的喜欢我跳得离你这么近吗？”

“我喜欢。”

他吻她，刚游了水，她的脸清新凉爽，还带着股海水的气息。

凯瑟琳进来时，他们俩还坐在吧台前。她又疲惫又安详，彬彬有礼。

在就餐时，她说，“我去了尼斯，后来顺着峭壁公路[1]开，在维勒佛兰契北边儿停下，观看一艘战列巡洋舰进港，时间就不早了。”

“你来得还不好算太晚，”玛丽塔说。

“不过那光景非常奇特，”凯瑟琳说。“所有的色彩都明亮得过了头。连深深浅浅的灰色也是明亮的。那些橄榄树闪闪发亮。”

“那是正午的光照的关系，”戴维说。

“不。我不这样想，”她说。“天色并不十分晴朗，可我停下观看那条军舰时，天色真美。它的舰名怪吓人的，可看上去并不大。”

“请吃点牛排吧，”戴维说。“你简直什么都没吃啊。”

“对不起，”她说。“好啊。我喜欢腓里牛排。”

“你不想吃牛肉，换些别的什么吗？”

“不用。我要吃色拉。你看我们可以来瓶毕雷-儒埃香槟酒吗？”

“当然可以。”

“这种酒一向挺出色，”她说。“我们总是喝得挺满意的。”

后来回到他们的房间里，凯瑟琳说，“别担心，戴维，求求你。只不过近来发展得实在太快了。”

“怎么回事？”他问。他正在抚摸她的前额。

“我说不好。今儿早上我一下子觉得老了，连时令也不对头了。后来一切色彩开始变得不真实了。我担心起来，想使你得到好

---

① 指尼斯到东面近意大利国境线的芒通之间的那段傍山崖辟出的公路，高达1600英尺，俯瞰地中海，景观优美。

好的照顾。”

“你对每个人都照顾得挺出色啊。”

“我想这么做，可是觉得累死了，再说也没有时间了，我知道如果钱用光了会多么叫人抬不起头来，你就只好去借，而我还没有作好任何安排，也没有签过什么文件，就像我一向那么大大咧咧的。后来我为你那条狗担心起来。”

“我的狗？”

“对，就是那篇小说中你在非洲的那一条。我曾进房间去看看你还短缺些什么，看了那篇小说。那时你跟玛丽塔在另一间房间内说话。我没有偷听。你把钥匙留在换下来的短裤内了。”

“还只写了一半光景，”他对她说。

“真是出色，”她说。“不过叫我害怕。那头象真怪，你的父亲也怪。我根本不喜欢他，可是我喜欢那条狗甚于任何人，除了你，戴维，因此我为它非常担心。”

“那是条了不起的狗。你不用为它担心。”

“我可以今天看看它在小说里遭遇到什么吗？”

“当然，如果你想看的话。不过它现在到了那农场，你不用为它担心了。”

“要是它没事，我就不想看了，等你回头写到它时再看。基波。它有个可爱的名字。”

“那是一座山的名字。另一部分叫马温齐。”

“你和基波。我多么爱你们啊。你们俩多么相像啊。”

“你的感觉好转了，魔鬼。”

“也许吧，”凯瑟琳说。“但愿如此。可是长不了的。今儿早上开车时，我真开心死了，后来一下子感到老了，老得使我不再在乎了。”

“你并不老。”

“不，我老。我比我母亲的旧衣服更老，而且不会活得比你的狗长。即使在一篇小说中也不行。”

第二十章

戴维停下笔，觉得空虚，心里空落落的，因为没有在该停笔的地方停下，却勉强自己再写了好长时间。那天他以为这无关紧要，因为那是小说中累坏人的那一段，所以他们一旦又找到了那条小道，他就觉得累了。有好长一段时间，他比那两个大人精力更充沛，健康状况更好，对他们慢吞吞地赶路，对他父亲每小时一到点总要停下休息感到不耐烦。他原可以走在头里，比朱马[1]和他父亲快得多，不过等他一感到疲劳，大家就又差不离了，到了中午，只照例休息了五分钟，他就发现朱马加快了一点步伐。也许他并没有。也许仅仅是看起来快了一点，这时看到的象的粪便比较新鲜了，尽管摸上去还没有温暖的感觉。他们走到最后一堆粪便后，朱马把步枪给他，让他带上，可是一小时后，朱马对他看看，就把枪要回去了。他们刚才不停地攀登一道山坡，这时小道朝下伸展了，从森林的一个豁口他看到前面崎岖不平的地段。

"艰难的路程开始了，戴凡[2]，"他父亲说。

戴维这才明白，当初他们走上小道时，就该把他送回那农场去。朱马早就明白了。他父亲这时也明白了，可是什么办法也没有了。这是他犯下的又一个错误，如今没有别法，只能冒险一试了。戴维低头看象脚踩出的那个又大又圆的脚印，看清蕨丛被踩下的地方，那儿有枝断裂的草花，从断裂处开始干枯。朱马把它捡起，看看太阳。朱马把这断裂的草花递给戴维的父亲，他父亲把它夹在指间转动着。戴维注意到那些下垂枯萎的白花。不过它们还没有被阳光晒干，也还没掉瓣。

“看来是头母的，”他父亲说。“我们赶路吧。”

傍晚时分，他们还在这崎岖不平的地段择道穿行。他觉得困已有好久，这时望着那两人，明白困倦正是自己真正的敌人，就跟上他们的步伐，企图穿越并摆脱这使他麻木的睡意。那两人每一到点就轮流带头择道，处在第二位的那人每隔一段时间回头望望，看对方有没有跟上。等他们在黑夜又在林中扎下一个没水源的营地，他一坐下就睡着了，等朱马手拿他的软帮鞋，摸摸他光脚上有没有起泡时才醒来。他父亲早把他的上衣盖在他身上，正坐在他身边，手拿一片冷的熟肉和两片饼干。他给他一个装着冷茶的水瓶。

“那头象将不得不停下吃东西，戴凡，”他父亲说。“你的脚情况良好。跟朱马的一样好。慢慢儿吃吧，喝些茶，再入睡吧。我们什么问题也没有。”

“对不起，我实在太困了。”

“你跟基波昨晚狩猎，赶了一夜路嘛。为什么你不该觉得困呢？想吃的话，再来一点儿肉吧。”

“我不饿。”

“好。我们还能赶三天路。明天就能又找到水。山上流下的小溪多的是。”

“那象要上哪儿？”

“朱马自以为知道的。”

“情况糟吗？”

“不太糟，戴凡。”

---

① 为他父亲雇用的土人向导。

② 戴维的爱称。

“我要再入睡了，”戴维曾这样说。“我用不着盖你的上衣。”

“朱马跟我都没事，”他父亲说。“你知道，我总是睡得很暖和的。”

戴维竟不等他父亲道晚安就睡着了。后来他醒过一次，月光射在脸上，他想起那象在森林中站停时两只大耳朵在掀动，象牙沉得使它垂下头来。戴维这时在夜中想到，他想起它时所以感到空落落的是因为醒来时觉得肚子饿。但实在不是这么回事，他在接下来的三天中才弄明白。

他曾试图在那篇小说中把那头象起死回生，就像他和基波在月亮升起时见到它出现在黑夜中时的模样。也许我能做到，戴维想，也许我能做到。可是等他把那天写好的东西锁起来、走出房间、关上门时，他对自己说，不，你做不到。那头象老了，要不是你父亲，也会有别人来动手的。你一点也没有办法，只有试图按照事情的真相来写。因此你必须每天写得比你可能达到的程度更出色，使用你如今怀着的这分哀愁来使你明白当初的那分哀愁是如何产生的。而且你必须始终记住你相信的那些事，因为如果你明白了，这些事就会在作品中出现，你就不会辜负它们。写作是你做到的唯一成就。

他走到吧台后面，找出那瓶黑格牌威士忌和半瓶冰镇的矿泉水，顾自调了一杯酒，带到外面那大厨房去找女主人。他跟她说要去戛纳，不会赶回来吃中饭。她责怪他空腹喝威士忌，他就问她有什么冷食可以让他和威士忌一起填填空腹。她取出一些冷鸡肉，切了几片，放在一只碟子上，还做了一客菊苣色拉，他就回到酒吧去又调了一杯，带回来在厨房桌子边坐下来。

“现在可别不吃东西就喝这酒，先生，”女主人说。

“对我有好处，”他对她说。“大战期间，我们在军人食堂拿它当葡萄酒喝。”

“真奇怪，你们没有全变成酒鬼。”

“就像法国人那样，”他说，两人就议论起法国工人阶级的酒瘾，取得一致的意见，她还逗他，说那两个女人都抛弃他了。他说对她们俩都厌倦了，她现在可乐意取代她们的位置？不，她说，他得再显出一点像个男子汉的样子才能打动一个法国南方女子。他说就要去戛纳，可以在那儿美餐一顿，再赶回来，像头狮子，叫南方妇女个个多加小心。两人亲热地接吻，就像一个是受到优待的主顾，一个是胆大妄为的成年妇女，随后戴维回房间去洗淋浴，剃胡子并换衣服。

淋浴使他感觉良好，跟女主人谈了使他精神振奋。如果她知道了这一切是怎么回事，不知道会怎么说，他想。大战结束以来，情况改变了，旅馆主人和女主人都对时尚有所感受，希望跟上这种变化。我们这三位主顾全都是 de gens très bien①。只要付钱，并不闹事，那就什么问题也没有。俄国人走了，英国人家道中落了，德国人完蛋了，而如今出现了这种不尊重常规的做法，正好能成为拯救这整条海岸的大好事。我们是启动这夏天的旅游季节的开拓者，而这做法依旧被看作愚蠢之举。他望着镜中自己那刮掉了一边胡子的脸。话得说回来，他对自己说，你不必为了要做一个地道的开拓者就不刮另一边的胡子啊。这时他以挑剔的眼光仔细地看清自己的头发几乎是银白色的，感到不是味儿。

他听到那布加迪车在长坡上开来，拐上砂砾道，停下。

凯瑟琳走进房来。她头上披着条头巾，戴着墨镜，她摘下墨镜，吻戴维。他紧紧搂住她说，“你好？”

---

① 法语，意为“大好人”。

“不太好，”她说。“天太热了。”她冲着他微笑，把前额贴在他肩上。“很高兴我回家了。”

他走出去，调了一杯汤姆·柯林斯酒，带回来给凯瑟琳，她刚冲了凉。她接过这一大杯冰凉的酒，呷了一口，然后把它贴在光滑黝黑的肚皮上。她把酒杯碰碰每只乳房的乳头，乳头就坚挺起来，她然后慢慢地一口口呷着，再把这杯冷酒贴在肚皮上。“真是妙不可言，”她说。

他吻她，她就说，“啊，真美妙。我把这事给忘了。我不知道凭什么站得住的理由我该放弃。你说呢？”

“没有理由。”

“得，我没有放弃，”她说。“我不打算把你过早地让给别人。那是个馊主意。”

“去穿上衣服，我们出去，”戴维说。

“不。我要跟你玩。就像过去的好时光那样。”

“怎样玩呢？”

“你知道的。使你开心。”

“怎样开心？”

“这样。”

“小心，”他说。

“求你了。”

“好吧，如果你需要。”

“就像当初在王家水道港破天荒第一次干的那样？”

“如果你需要。”

“谢谢你给我这次机会，因为——”

“别说话。”

“完全像在王家水道港时那样，不过更是美妙，因为这是在白天干的，而且我们彼此更相爱，因为我曾经离开过。请吧，我们慢慢来，慢慢来，慢慢来——”

“好，慢慢来。”

“你是——”

“对。”

“你真是这样？”

“对，如果你需要。”

“啊，我多么需要，而你是这样，我做到了。请慢慢来，让我保持下去。”

“你做到了。”

“对，我做到了。我的确做到了。对啊，我做到了。我做到了。请你现在跟我一起达到高潮。求你了，你现在行吧——”

他们躺在单被上面，凯瑟琳把一条棕色的大腿搁在他的大腿上，用脚趾轻轻摩擦他的脚背，用双肘撑起身子，抬起嘴巴，不再贴住他的嘴巴，说，“你又得到了我，觉得高兴吗？”

“你啊，”他说。“你的确回来了。”

“你从没想到我会回来吧。昨天什么都没了，一切都过去了，可现在我在这里了。你开心吗？”

“开心。”

“你可记得当初我只想要晒得黑黑的，现在我成了全世界最黑的白种姑娘啦。”

“而且是头发颜色最淡的一个。就像象牙的颜色。我一直这么想的。你光滑得也像象牙。”

“我太高兴了，想要像我们以往那样跟你玩。不过我的就是我的。我不打算像过去所做的那样把你让给她，弄得自己什么都没有。这种事过去了。”

“这一点并不太清楚，”戴维说。“不过你当真又感觉良好了，可不？”

“真是这样，”凯瑟琳说。“我并不沮丧也不变态也不可怜。”

“你又美好又可爱。”

“情况全都妙不可言，全都变了样。我们来轮流干吧，”凯瑟琳说。“今天和明天，你属于我。而再下去的两天，你属于玛丽塔。我的天，我饿了。一星期来，我这还是第一次觉得饿。”

等到傍晚时分，戴维和凯瑟琳游了水回来，就开车去戛纳买巴黎来的报纸，然后在咖啡馆坐下看报，交谈，然后赶回来。等戴维换了衣服，他找到玛丽塔，只见她正坐在吧台前看书。他认出那正是他本人的作品。她还没看过的那一本。“你们游水游得痛快吗？”她问。

“是啊。我们朝外游了好长的一程。”

“你从那高岩上跳水了吗？”

“没有。”

“这叫我很高兴，”她说。“凯瑟琳好吗？”

“兴致高了。”

“好。她非常有才智。”

“你好吗？你没事吗？”

“非常好。我正在看这本书。”

“觉得怎么样？”

“要到后天才能对你说。我看得非常慢，可以拖到那个时候。”

“这是怎么回事？为了那个协议[①]？”

---

① 指凯瑟琳想出的每两天换一人来陪他的计划。

“我想是吧。不过我不会为这本书，也不会为我对你的感情过分担心。这没有改变。”

“很好，”戴维说。“不过今儿早上我非常惦念你。”

“后天再说吧，”她说。“别担心。”

第二十一章

那篇小说中，第二天情况非常糟，因为正午前好久，他就明白不光是需要睡眠这一点使一个孩子和大人有所不同。开头三小时内，他比大家精神饱满，就要求朱马让他背那支.303口径的步枪，但朱马摇摇头。他没有笑意，可他一向是戴维最好的朋友，教过他如何狩猎。他昨天把枪给过我，戴维想，而我今天比昨天身子骨要好得多。他正是这样，可是到了十点，他明白这一天会很糟，甚至比上一天更糟。对他来说，自以为能跟自己的父亲一起循兽迹追踪，这跟自以为能够打得过他一样蠢。他还明白这不仅仅是因为他们是大人。他们是职业猎手，他这才明白为什么朱马连无谓地微笑一下也舍不得。他们明白那头象干下的一切，彼此一声不吭地指点迹象，每当追踪变得艰难了，他父亲总是听朱马的。他们在一道水流前停下把水壶装满，他父亲说，“够这一天喝就行了，戴凡。”后来，他们终于穿过崎岖不平的地段，又朝森林攀登，只见象的足迹朝右转，拐上一条旧的象迹。他看到他父亲和朱马在交谈，等他赶到他们身边，朱马正回头看他们来时走过的路，接着眺望矗立在远方干旱地区中一簇岩石构成的小山，好像是在拿远方地平线上三座青山的山峰来测定它的方位。

“朱马现在知道那象在朝哪儿走了，”他父亲解释。“他原以为知道，可是它后来朝下走到这种地方来了。”他回头看他们一整天穿过的那个地段。“它现下要去的地方相当好走，可是我们还得爬坡。”

他们一直爬坡到断黑，然后又在没水的地方扎营。就在日落前不久，有一小群距鹑[①]跨过小道，戴维用皮弹弓击死了两只。这些鸟走上这道老的象迹来洗沙浴，它们齐整地走着，胖乎乎的，那块卵石打断了一只鸟的背脊，它开始抽搐颤动，翅膀拍击得嘭嘭作响，这时另一只奔上前来朝它啄，戴维在弹弓中又放上一块卵石，朝后一拉，把卵石朝这鸟的肋骨射去。他奔上前去伸手摸时，其他的鸟儿呼地一声逃走了。朱马回头来望，这一回微笑了，戴维就捡起这两只热烘烘、胖乎乎、羽毛光滑的鸟儿，把它们的头朝他猎刀刀柄上猛击。

这时他们扎营夜宿，他父亲说，“我从没在这样高的地方见过这种鹧鸪。你打中了它们中的一双，干得真棒。”

朱马把鸟儿串在一根棒上，在一堆火头很小的煤上烤。父子俩躺下看朱马烤，他父亲用扁酒瓶的杯形瓶盖盛着兑水的威士忌喝了一杯。后来，朱马给他们每人一块连心脏的胸脯肉，自己吃头颈、背部和两腿。

“这一来大为改观了，戴凡，”他父亲说。“我们现在的伙食十分宽裕了。”

“我们落后这头象有多远？”戴维问。

“我们实际上相当接近了，”他父亲说。“这全得取决于月亮升起了它是不是还赶路。今晚迟了一个小时，比你当初发现它时迟了两个小时。”

“为什么朱马自以为知道这象朝哪儿走？”

“他打伤过它，还在离这儿不太远的地方杀死了它的配偶。”

---

① 距鹑为雉鹑属的类似鹧鸪的鸟儿，每条腿上生有两只或更多的距，故名。

"什么时候？"

"五年前，他说。但这可能不见得很准确。当时你还是个娃娃，他说。"

"那象就此独来独往吗？"

"他说是这样。他就此没见过它。只听人说起过。"

"他说它有多大？"

"近两百磅[①]吧。比我曾见过的都大。他说只有一头象比它更大，也是在这儿附近出没的。"

"我还是入睡的好，"戴维说。"希望明儿身子好一点。"

"你今儿就挺出色啊，"他父亲说。"我为你感到非常骄傲。朱马也一样。"

夜间月亮升起后，他醒过来，深信他们并不为他感到骄傲，除了也许为他打死那两只鸟时露的熟练的一手。他当初在夜间发现了这头象，跟踪它，看清它两支象牙俱全，然后回去找这两个大人，使他们循着象迹追踪。戴维知道他们为这事感到骄傲。但是一旦开始了这叫人难受的追踪活动，他对他们就没用了，而且对他们要获得成功构成了危害，就像他在夜间逼近这头象时小狗基波对他说来那样，他还明白他们俩准是因为没有及时把他送回去而对自己感到恼火。这头象的象牙每支有两百磅重。自从这些象牙长得超过了正常的尺寸以来，这头象就因而被人追猎，而现下他们三个要打死它了。戴维深信他们如今要打死它，因为他，戴维，熬过了这一天，在中午时赶路的速度把他搞垮后坚持了下来。因此没准儿他们为他做到了这一点感到骄傲。不过他对这次狩猎没有带来任何好处，他

---

① 指每支象牙的重量。猎象人目的在取得象牙，所以通常以象牙的重量来衡量象的大小。

们没有他在场会好得多。那天有好多次，他但愿压根儿没泄漏过这头象的踪迹，记得在下午还想过但愿压根儿没发现它。在月光下醒来，他明白这些都不是事实。

整个早晨，他在写作时一直竭力明确地回忆当初的感受和那一天的真实情况。最难写得真实的是他当初的感受，并且要使它不带有后来的感受的色彩。在他身子累坏前，那个地区的风貌的细节在记忆中都像这早晨一样鲜明清晰，没有缩小也没有扩大，因此这一部分写得很出色。可是他对那头象的感情一直是最难写的，他明白只得先放一放，以后再回头来写，这样来弄明确那正是当时的感情，不是后来的，而是那一天的。他明白这份感情开始在成形，可是太累了，无法精确地回想起来。

他还是被这问题纠缠着，还是生活在这篇小说中，就锁上衣箱，走出房间，踏上下通露台的石板路，只见玛丽塔正坐在露台上一棵松树下的一把椅子上，脸朝着大海。她在看书，因为他打着赤脚，她没有听到他的脚步声。戴维看看她，觉得见到她很高兴。他转眼想起那荒唐的日程安排，就拐进旅馆，走到他和凯瑟琳住的房间。她不在室内，这时他还是觉得非洲完全活生生的，而他这时处身的环境倒全都显得不真实和虚幻，就走到外面露台上去跟玛丽塔说话。

"早上好，"他说。"见过凯瑟琳吗？"

"她到什么地方去了，"姑娘说。"她要我告诉你就会回来的。"

这环境一下子压根儿并不显得不真实了。

"你不知道她到什么地方去了？"

"对，"姑娘说。"她骑自行车走的。"

"我的天，"戴维说。"自从我们买了那辆布格[1]，她还没骑过

---

① 布加迪的简称。

自行车。”

“她正是这样说的。她又要骑车了。你早上过得可好？”

“我说不上。明天才会知道。”

“要吃早饭吗？”

“我说不上。太晚了吧。”

“但愿你要吃。”

“我要进去梳洗一下，”他对她说。

他洗了淋浴，正在刮胡子，这时凯瑟琳走进来。她身穿在王家水道港买的旧衬衫和亚麻布的宽松长裤，裤腿的膝下部分给剪掉了，她看上去很热，衬衫全湿透了。

“真美妙，”她说。“可惜我忘了骑车爬坡对人的大腿根会产生什么影响。”

“你骑到好远的地方吗，魔鬼？”

“六公里，”她说。“没什么大不了，不过我忘了蓝色海岸[①]的情况。”

“现在骑车热得要命，除非你大清早就动身，”戴维说。“不过很高兴你又骑车了。”

这时她正在淋浴，后来她出来了，说，“现在瞧我们挨在一起有多黑。完全符合我们原来的打算。”

“你更黑。”

“哪里。你也黑得厉害。瞧我们挨在一起的样子。”

两人站在浴室门上的长镜子前，看着彼此紧挨着的影子。

“啊，你喜欢我们一起的样子，”她说。“多美妙。我也喜欢。

---

① 指戛纳到芒通那一段在法国境内的地中海海岸，包括许多避暑胜地和摩纳哥公国。

摸摸这里，瞧有多好。”

她笔挺地站着，他伸手摸她的乳房。

“我来穿上一件紧身衬衫，你就能明白我的想法了，”她说。“你说怪不怪，我们的头发弄湿了，就一点儿颜色都没有了？浅得像海藻。”

她拿起一把梳子，把头发朝后直梳，弄得看上去像是刚从海水中钻出来似的。

“我现在又要把我的头发这样梳了，”她说。“就像春天在王家水道港和在这儿时的样子。”

“我喜欢你的头发披在前额上。”

“我讨厌这样。不过你喜欢的话，可以照办。你看我们进城去到咖啡馆吃早饭可好？”

“难道你还没吃早饭？”

“我想等你啊。”

“好吧，”他说。“我们前去吃早饭吧。我也饿了。”

他们吃了顿非常出色的早饭，吃的是牛奶咖啡、奶油鸡蛋卷、草莓酱和火腿蛋，等到吃罢了，凯瑟琳问，“你肯陪我去让那里吗？这是我去洗头发的日子，我还想把它理一下。”

“我在这儿等你吧。”

“请你去不好吗？你以前去过，对谁也没坏处嘛。”

“不，魔鬼。我去过一次。不过就那一次。就像去文身什么的。别拉我去。”

“这事除了对我，没什么大不了的。我要我们俩完全一个样。”

“我们不可能一个样。”

“不，我们可能，如果你愿意的话。”

“我实在不想这么干。”

“如果我说这是我最想干的事也不行？”

“为什么你就不能想干些合情合理的事儿？”

“我想干的啊。不过我要我们一个样，你已经差不多了，用不着多大麻烦就成了。海水把这工作都包下了。”

“那就让海水去干吧。”

“我今天就要做到嘛。”

“这样你才会高兴，可不。”

“我现在就很高兴，因为你愿意就干，而我会一直高兴下去。你喜欢我的模样。你明知道你是喜欢的。照这路子去想吧。”

“这很无聊。”

“不，并不无聊。因为这是你，而你是为了讨好我才干的，就不无聊。”

“如果我不干，你会感到多伤心？”

“我不知道。不过会是非常伤心的。”

“好吧，”他说。“这事当真使你觉得那么重要？”

“是啊，”她说。“啊，谢谢你了。这一回不消花多长的时间。我跟让说过我们要去他那里，他会为我们延长营业时间的。”

“你一直这样深信我会干吗？”

“我知道你会干的，如果你知道我多么想要的话。”

“我十二万分地想不干啊。你不该请求我。”

“你不会在乎的。没什么大不了，过后会很好玩的。你不用为玛丽塔担心。”

“她怎么啦？”

“她说过如果你不肯为了我这样干，那就问问你肯不肯为了她这样干。”

“别捏造事实。”

“没有啊。她今儿早上说的。”

“但愿你能看到你自己，”凯瑟琳说。

“很高兴我看不到。”

“希望你照照镜子。”

“我不能。”

“就看看我吧。你就是这副模样，我做到了，你现在一点办法也没有了。你就是这副模样。”

“我们实在不该这样干，”戴维说。“我不能跟你的模样一个样。”

“得，我们干成了，”凯瑟琳说。“你也干成了。所以还是开始喜欢的好。”

“我们真不该这样干，魔鬼。”

“不，我们干成了。这你也明白。你就是不愿看。而我们现在得注定这样了。我早就是这样了，你现在也是了。瞧我，看看你喜欢到什么程度。”

戴维看看她的那双眼睛，那是他喜爱的，看看她那黝黑的脸蛋和缺乏层次得叫人难信的象牙色头发，看到她多高兴的模样，开始明白自己竟容许她干下了一桩彻头彻尾的蠢事。

第二十二章

那天早上，他认为无法把这篇小说写下去，而且有好长一段时期都无法进行。但他明白必须写下去，于是终于动笔了，他们在一条旧的象道上追踪那头象的臭迹，这条道给踩实踩烂，穿过森林。看来好像自从山上淌下的岩浆冷却了，树木开始长得又高又密以来，就有象在上面经过。朱马信心十足，他们赶路赶得很快。他父亲和朱马都自以为十拿九稳，在象道上行进轻松极了，以致在穿过森林中斑斑驳驳的光影中继续赶路时，朱马把那支.303口径的枪让他来背。后来，从小道左方密林中出来的一群象在这象道上留下的一堆堆冒热气的新鲜粪便和一个个浅平的圆脚印使他们找不到那头象的象迹了。朱马气急败坏地把那.303枪从戴维手里拿回去了。到了下午他们才好歹逼近那群象，绕着它们走，透过树丛看到这些灰色的庞然大物、在掀动的大耳朵和卷起又放开的搜索着的长鼻子，听到树枝折断的声音、树木被推倒的响声、象肚子里的辘辘声以及粪便掉在地上的啪嗒声。

他们终于找到了那头老公象的脚迹，见到它转上一条较窄的象道时，朱马望望戴维的父亲，咧嘴笑笑，露出一口排列齐整的牙齿，而他父亲点了点头。看来他们之间有桩不可告人的秘密，正像那一晚他在农场上见到他们时的那副模样。

没有过多久他们就发现这个秘密了。那东西就在林中朝右的地方，那头老公象踩出的小道通到那里。那是个高达戴维胸膛的颅骨，被日晒雨淋，弄得发白了。它额上有个很深的凹处，两只空空的白眼窝之间有几道隆起的梁，成喇叭形展开，通向两个空洞，那儿曾斫掉过两支象牙。朱马低头望着这颅骨，指指那头他们在追踪的大象站过的地方，指出它曾用长鼻子把这颅骨从原来搁着的地方稍微推过一点儿，还指出它的两支象牙的尖端在这颅骨旁的地上留下的痕迹。他指给戴维看白色额骨上那大凹处中的一个洞，然后指指耳朵洞四周骨头上那四个密集的洞。他朝戴维和他父亲咧嘴笑笑，从口袋中掏出一颗.303口径的实心子弹，把弹头塞进额骨上的洞。

“这就是朱马击伤那头大公象的地方，”他父亲说。“这是它的配偶。实际上是它的伙伴，因为它也是头大公象。它冲过来，朱马开枪把它击倒，再朝耳朵开枪，结果了它的性命。”

朱马这时在指点那些散落在地上的骨头，说明那头大公象如何在这些骨头间走动过。朱马和他父亲俩发现了这些骨头，都挺高兴。

“你看它和它的伙伴待在一起有多久？”戴维问他父亲。

“我一点儿也不知道，”他父亲说。“问朱马吧。”

“请你来问他吧。”

他父亲和朱马交谈起来，朱马对戴维望望，笑笑。

“他说也许是你的年龄的四五倍吧，”戴维的父亲对他说。“他不知道，实在也并不关心。”

我可关心，戴维想。我在月光中看到它，它形单影只，我可有基波作伴。基波也有我。这公象并不伤害任何人，如今我们追踪它到它前来看它死去的伙伴的地方，而现在我们就要把它杀了。这是我的过错。我出卖了它。

这时朱马看清了象道的去向，对他父亲招手示意，他们就拔脚赶路了。

我父亲不需要靠杀象来生活，戴维想。如果我没有看到它，朱马就不会发现它。他曾经有过机会杀它，可是仅仅击伤了它并且杀了它的伙伴。基波和我发现了它，可我绝对不该去告诉他们，我该为它保守秘密，始终把它记在心上，让他们在农场上陪他们的女人去喝得烂醉。朱马当时醉得厉害，我们弄不醒他。我要始终把一切保守秘密。我永远不再告诉他们任何消息了。如果他们杀了它，朱马会把他所得的那份象牙去换酒喝，或者干脆为自己再买一个该死的老婆。你干吗不在能帮这头象的时候帮它一把？你只消第二天不去就行了。不，这样做并不能使他们停止行动。朱马还是会进行的。你绝对不该告诉他们。绝对，绝对不告诉他们。好生记住了。永远不告诉任何人任何消息。永远不再告诉任何人任何消息。

他父亲站住了等他赶上前来，十分温和地说，“它在这儿休息过。它赶路不像过去的样子了。我们马上就会赶上它的。”

“去他的猎象，”戴维十分平静地说。

“你说什么？”他父亲问。

“去他的猎象，”戴维轻柔地说。

“当心别把思想都搞浑了，”他父亲对他这样说，直勾勾地对他望了一眼。

这就是了，戴维当时这样想。他父亲并不笨。他如今什么都明白了，就此永远不会信任我了。这样倒好。我不要他信任我，因为我永远不会再告诉他或任何人任何事，永远不再告诉他们任何事了。永远不再永远不再这样做了。

他那天早上写那次狩猎就在这儿停笔。他明白还没有把这事写得对头。他没有写下在林中发现那个颅骨时对它那大而无当的样子的印象，也没有写下甲虫在它底下泥地上挖出的一道道凹槽，那是当那头象把这颅骨移动时露出来的，像一些没人的走廊或纵横交叉的地下墓道。他没有写下那些发白的骨头好长好长，也没有写下那头象的足迹如何围绕着那猎杀的现场，他如何循着这足迹走动，能看到这头象的行动，进而看到这头象看到的景象。他没有写下那条象道好宽好宽，成为穿过森林的一条完美的道路，没有写下那些树枝相互摩擦、给弄得损伤光滑的树木，也没有写下其他小道如何彼此交叉，以致看来像巴黎地铁的线路图了。他没有写下森林中光线的情况，那儿树梢彼此相接，没有阐明某些必须根据当时的情况来阐明的事，而不是他现在回想起来时的模样。时间的距离没什么大不了，因为凡是距离都是会变的，而你回想起来的正是当初的模样。可是他对朱马和对他父亲和对那头象在感情上的变化，都被滋生这种变化的身心交瘁弄得复杂化了。疲劳使人开始理解。理解开始了，他边写边认识到这一点。但是这份惊人地真实的理解还没完全形成，他不该随心所欲地用虚夸的语言来表达它，而是要牢记促成这理解的真实情况。他要在明天把这些情况弄个明白，然后写下去。

他把这手稿的笔记本放进衣箱，锁上，走出房门，沿着旅馆前面的路走到玛丽塔在看书的地方。

“想吃早饭吗？”她问。

“我想来杯酒。”

“我们到酒吧间去喝吧，”她说。“那儿凉快些。”

他们走进去，在圆凳上坐下，戴维从有凹痕的黑格牌酒瓶中倒了些在酒杯里，用冰镇矿泉水加满。

“凯瑟琳怎么样？”

“她走时非常快活，热情洋溢。”

“那么你呢？”

“又开心又害羞又着实平静。”

“害羞得不让我吻你吗？”

他们搂在一起，他觉得自己又开始成为完整的了。他不知道自己究竟曾分裂和孤立到多厉害的程度，因为一动笔写作，他就用内心深藏的自我来写，那是不可能给撕裂，甚至给留下印痕和刮伤的。他明白这一点，而这正是他的力量所在，因为他的其他部分都是可以给扯碎的。

他们坐在吧台前，那大孩子在摆饭桌，这时海上送来的微风中带着秋天的第一丝凉意，后来，他们坐到松树下的桌边吃喝，又感觉到这凉意。

“这凉风是从库尔德斯坦①一路吹来的，”戴维说。“秋分期的风暴就要来了。”

“今天可不会来，”姑娘说。“我们今天不用担心。”

“我们在戛纳那家咖啡馆相识以来，还没遭到过任何类型的灾难。”

“你还能想起这么遥远的事？”

“似乎比那场大战更遥远。”

“我在最近三天中体验了大战，”姑娘说。“还是今儿早上才脱身的。”

“我从来不去想它，”戴维说。

“我现在读完了，”玛丽塔对他说，“不过我不理解你的为人。你根本没讲清楚你信仰什么。”

他给她斟了一杯，然后又斟满了自己的酒杯。

“我等到事后才明白，”他说。“因此当初没有试图做得好像我

---

① 库尔德斯坦为库尔德族人居住的广大高原和山地，主要包括土耳其东部、伊拉克北部和伊朗西北部大片地区。

是明白的样子。在大战发生时，我暂时不去想它。我只顾从战术方面去感受和观察和行动和思考。因此这部书才没有写得比第一部好。因为我当时并不更聪明。”

“这是部十分出色的书。写飞行的部分妙极了，还有对其他那些人和那些飞机本身的感情都是如此。”

“我善于写人以及有关技术和战术方面的事，”戴维说。“我不想说大话或者吹嘘。不过，玛丽塔啊，一个人确实给卷了进去，就无法有自知之明了。你就不值得考虑自个儿了。当时这样做会是可耻的。”

“可是事后你明白了。”

“当然。有些时候吧。”

“可以看看那篇游记吗？”

戴维又在两只酒杯中斟了酒。

“她告诉过你多少情况？”

“她说把什么都告诉我了。她非常拿手讲，你知道。”

“我宁愿你不要看，”戴维说。“看了只会引起麻烦。我写的时候并不知道会有你出现，而且我没法不让她把情况告诉你，可是我不必让你也看这篇文章。”

“这么说我不该看了？”

“但愿你不想看。我不想给你下命令。”

“这样我就只能告诉你了，”姑娘说。

“她让你看了？”

“对。她说我该看看。”

“愿上帝惩罚她。”

“她这样干可不是存心使坏。那是她万分烦恼时干下的。”

“这样你就全看了？”

“对。真美妙。比前一部书好得多，而现在这些短篇又比它好得多，换句话说，比什么都好。”

“写马德里的那部分怎么样？”他对她望着，她抬头看他，然后润润嘴唇，并不转而望别处，小心翼翼地说，“这些我全明白，因为我跟你完全一个样。”

两人躺在一起，玛丽塔说，“你跟我做爱时并不想到她？”

“对，蠢货。”

“你不想要我照她那样干吧？因为我全都知道，而且会干。”

“别说话，光是感受吧。”

“我能干得比她强。”

“别说话。”

“别以为你不得不——”

“住嘴。”

“不过你不必——”

“谁也不必，不过我们是——”

他们躺着，紧紧地搂在一起，后来终于放松了，玛丽塔说，“我得走开一会儿，不过会回来的。请你为了我入睡吧。”

她吻了他，等她回来时，他睡着了。他本想等她的，可是等着等着就睡着了。她在他身边躺下，吻他，他没有醒过来，她就纹丝不动地躺在他身边，试图也睡去。可是她不觉得困，就又十分轻柔地吻他，然后动手十分温柔地抚弄他，同时把乳房挨在他身上。他在睡梦中动弹了一下，她这时把头搁在他胸膛的下部，轻柔而探索地抚弄他，做些亲昵的小动作，发现一些小秘密。

那是个漫长而凉快的下午，戴维一直熟睡着，等他醒来时，玛丽塔不在了，他听到两个姑娘在露台上讲话。他穿好衣服，拉开通工作室的门上的插销，然后从工作室的门走出去到石板路上。露台上只有那个正在收茶具的大孩子，他到酒吧间才找到这两个姑娘。

第二十三章

两个姑娘都坐在吧台前，有一瓶毕雷-儒埃香槟酒放在一桶冰块内，两人都看上去容光焕发而可爱。

“真像在跟前夫相会，”凯瑟琳说。“这使我感到见了世面，老成极了。”她从没这么欢畅，这么可爱过。“我不得不说这正合你的心意。”她假惺惺地用估量的目光望着戴维。

“你看他没事吧？”玛丽塔说。她望着戴维，红起了脸。

“你啊，真该脸红，”凯瑟琳说。“瞧她，戴维。”

“看上去挺不错啊，”戴维说。“你也一样。”

“她看上去像十六岁左右，”凯瑟琳说。“她说把看过那篇游记的事告诉了你。”

“我想你该先问我一声，”戴维说。

“我知道该问的，”凯瑟琳说。“不过我先自个儿看起来，觉得有意思极了，就想女继承人也该看一下。”

“我该说个不的。”

“不过问题是，”凯瑟琳说，“如果他对什么事说个不来着，玛丽塔，那就干脆动手干好了。他这话不必当真。”

“我不信这篇游记中写的，”玛丽塔说。她冲着戴维微笑。

“这是因为他还没把它写到今天的情况。等写到了，你就会明白。”

“我这篇游记不写下去了，”戴维说。

“这可要不得，”凯瑟琳说。“那是给我的礼物，是我们策划的。”

“你一定要写下去，戴维，”姑娘说。“你会的，是不？”

“她想被写进去啊，戴维，”凯瑟琳说。“再说，加进了一个黑皮肤姑娘，文章会精彩得多。”

戴维管自倒了一杯香槟。他看到玛丽塔在望着他，在提出警告，就对凯瑟琳说，“等我写完了那些短篇小说，我会继续写的。你这一天都干了些什么？”

“我这一天过得很好。我作了些决断，订了些计划。”

“天啊，”戴维说。

“都是些直截了当的计划，”凯瑟琳说。“你不用为此抱怨。你整天一直在干正是你要干的事，所以我很高兴。不过我有权利订一些计划啊。”

“什么样的计划？”戴维问。话音听上去单调极了。

“首先我们该着手安排出版这部作品。我必须把这手稿已写好的部分用打字机打好，并且安排画插图的工作。我得去找些画家，做好准备工作。”

“你这一天倒忙得可以啊，”戴维说。“你难道不知道，无论是谁在写作，要等到他把手稿润色了一遍，可以打出来了，才能这样做？”

“用不着这样，因为我只要一份草稿给画家看就行了。”

“我懂了。那么要是我还不想把它打出来呢？”

“难道你不想出版？我可想。因此总得有人着手干些实际工作啊。”

“你今天想起了哪些画家？”

“不同的部分请不同的画家。玛丽·洛朗森、帕散、德兰、杜飞[1]

---

① 玛丽·洛朗森(1883—1956)，法国画家，善绘风姿绰约的仕女画。帕散(1885—1930)，生于保加利亚，后迁居巴黎，入美国籍，从大型宗教题材作品转向妇女画。德兰(1880—1954)，法国野兽派画家，擅作装饰画。杜飞(1887—1953)，法国画家，作品色彩鲜明，富装饰效果。

和毕加索。”

“看在耶稣分上，别请德兰。”

“请洛朗森来画一幅我们去尼斯的路上第一回在卢普河边停下时玛丽塔和我在汽车中的情景，难道你想象不出有多妙吗？”

“谁也没写下这情景啊。”

“那就写呗。这当然比写中非洲一大帮土人在栅栏村落或者随你叫什么名堂的地方，身上满是苍蝇和疥疮，而你那喝得烂醉的老子蹒跚地走来走去，闻上去一股啤酒的酸味儿，弄不清哪些小讨厌鬼是他自己的种这码事要有意思和有教益得多呢。”

“好时光过去啦，”戴维说。

“你说什么，戴维？”玛丽塔说。

“我说非常感谢你陪我吃了中饭，”戴维对她说。

“为什么你在别的方面不也感谢她？”凯瑟琳说。“她准保干下了什么叫人难忘的大事才使你睡得像死人一样直到下午过尽过绝。至少为这一点感谢她嘛。”

“谢谢你陪我去游了水，”戴维对姑娘说。

“啊，你们去游水来着？”凯瑟琳说。“很高兴你们游了水。”

“我们游到相当远的地方，”玛丽塔说。“我们还吃了顿非常好的中饭。你吃了顿好中饭吗，凯瑟琳？”

“我想是吧，”凯瑟琳说。“不记得了。”

“你去了什么地方？”玛丽塔斯文地问。

“圣拉斐尔[①]，”凯瑟琳说。“我记得在那儿逗留过，但不记得有没有吃中饭了。我独个儿吃东西时总是心不在焉的。不过我相信的确在那儿吃了中饭。至少记得有过这个打算。”

---

① 位于他们待的纳波尔西，濒地中海。

“开车回来惬意吗？”玛丽塔问。“今天下午多凉爽可爱啊。”

“不知道，”凯瑟琳说。“没留心。我一直在想把那部作品如何成书，着手运作。我们必须着手运作。弄不懂为什么我一开始让这事有点儿眉目戴维就变得叫人难堪。这事已经那么随随便便地拖了下来，使我一下子为我们大家感到羞愧。”

“可怜的凯瑟琳，”玛丽塔说。“不过既然你已经把它全都计划好了，你该觉得好过多了。”

“我是这样，”凯瑟琳说。“刚才进来时，我觉得高兴极了。我知道我会使你们高兴，知道我也完成了一些实际的工作，可是后来戴维使我觉得自己像是个白痴或者麻风病患者那么不受欢迎的人。我哪能不讲求实际，做得通情达理啊。”

“我懂，魔鬼，”戴维说。“我不过不想让我的写作给搞乱罢了。”

“可正是你自己把它搞乱的呀，”凯瑟琳说。“你难道不明白？出尔反尔地老是写那些短篇小说，可是你该做的恰恰是继续写那篇对我们大家意义重大的游记。它也进行得挺顺利，而且正要写到最最刺激的部分了。该有人来向你指出那些短篇恰恰是你用来逃避你的责任的手段。”

玛丽塔又对他望望，他明白她想对他说什么，就说，“我得去梳洗了。你把这事跟玛丽塔讲吧，我就回来。”

“我们还有别的事要谈，”凯瑟琳说。“很抱歉我对你和玛丽塔不客气。实在关于你们俩，我再高兴也没有了。”

戴维想着刚才讲过的所有的话，走进浴室，洗了淋浴，换上一件新洗干净的渔民线衫和一条宽松长裤。这时已是傍晚，天气很凉快，玛丽塔正坐在吧台前看《时尚》杂志。

“她去料理你们的房间了，”玛丽塔说。

“她怎么样？”

“我怎么会知道，戴维？她如今是个大出版商了。她放弃了性生活。她不再感兴趣了。实在太幼稚了，她说。她弄不懂性生活怎么会曾经对她有多大的意义。不过如果她有天又要干的话，她也许会打定主意和另一个女人发生暧昧关系。关于另找一个女人讲了不少话。”

“天哪，我从没想到会这样发展的。”

“别去想了，”玛丽塔说。“不管怎么样，或者情况如何，我总爱你，并且你明天要继续写作。”

凯瑟琳走进来，说，“你们俩在一块看起来真出色，我得意极了。我感觉到仿佛你们是我创造的。他今天乖吗，玛丽塔？”

“我们吃了顿好中饭，”玛丽塔说。“请公正些，凯瑟琳。”

“啊，我知道他是个可人心意的情郎，”凯瑟琳说。“他一贯如此。这正像他调的马提尼酒，或者像他游水或滑雪或飞行那样也说不定。我从没见他开过飞机。人人都说他了不起。我看实在就像杂技演员吧，而且同样的叫人腻味。我可不想打听这一点啊。”

“你让我们一起过上一天，实在太好了，凯瑟琳，”玛丽塔说。

“你们可以一起过你们的余生，”凯瑟琳说。“如果不使彼此腻味的话。我不再需要你们中的哪一个了。”

戴维正注视着她在大镜子中的影子，只见她又镇静又俊俏又正常。他看见玛丽塔正十分悲伤地望着她。

“我可喜欢看你，还喜欢听你说话，只要你开口。”

“你好，”戴维说。

“这句话可讲得挺不赖，”凯瑟琳说。“我很好。”

“有什么新的打算吗？”戴维问。他感到好像在招呼一条船。

“只有已经告诉你的那些，”凯瑟琳继续说。“看来会使我忙不过来的。”

“关于另找一个女人的那套鬼话是怎么回事？”

他觉得玛丽塔踢了他一脚，就一脚踩在她脚上表示会意。

“那可不是鬼话，”凯瑟琳说。“我想再试一下，弄弄明白我是否错掉了什么。我也许错掉了什么。”

“我们人人都难免犯错误啊，”戴维说，玛丽塔又踢他一脚。

“我想弄弄明白，”凯瑟琳说。“关于这事，我现在已经相当了解了，所以能够讲清楚了。别为你这黑皮肤姑娘担心。她根本不是合我意的那种人。她是合你意的。她正是你喜欢的，非常之好，但不适合我。顽童式的女人对我没吸引力。”

“也许我正是个顽童，”玛丽塔说。

“就这方面来说，这是个挺客气的说法。”

“不过我也比你更像个女人，凯瑟琳。”

“讲吧，让戴维明白你是哪一种类型的顽童。他会喜欢的。”

“他知道我是哪一种类型的女人。”

“这太好了，”凯瑟琳说。“很高兴你们俩都终于能说出心里话了。我确实宁愿交流的啊。”

“你实在压根儿不是个女人，”玛丽塔说。

“我知道，”凯瑟琳说。“我一向竭力向戴维作解释，讲得次数也够多了。不是这样吗，戴维？”

戴维望着她，一声不吭。

“我不是这样做了吗？”

“是的，”他说。

“我的确试过，为了做个姑娘，在马德里把自己搞得身心交瘁，结果只弄得身心交瘁，”凯瑟琳说。“现在我一切都完了。你既是女孩又是男孩，真是这样。你不用变来变去，也没有把你搞得死去活来，可我就不一样。我现在什么都不是了。我当初只希望戴维跟你快活。其他一切都是我编造的。”

玛丽塔说，“这我知道，我竭力跟戴维讲过。”

“我知道你讲过。不过你不必对我或者对任何事忠诚。别这样做。反正谁也不会这样做，而你也许实在并不是这样。不过我要你别这样。我希望你快活，并且使他快活。你也能做到，我可不行，这我明白。”

“你是人世间最好的姑娘，”玛丽塔说。

“我不是。我还没动手干就完蛋了。”

“不。我才是这样，”玛丽塔说。“我当初又愚蠢又恶劣。”

“你并不愚蠢。你说过的全都是真心话。我们别再讲了，做朋友吧。行不？”

“请问我们能行吗？”玛丽塔问她。

“我想做朋友，”凯瑟琳说。“而不要做个可悲之至的恶棍。请你慢慢儿写那本书吧，戴维。你知道我只想要你写得尽可能的好。这正是我们开头时的打算。不管这是怎么回事，我现在已经熬过去了。”

“你不过是疲惫罢了，”戴维说。“我看你也没吃过午饭。”

“也许没有，”凯瑟琳说。“不过也可能吃过。我们现在能把这事全忘了，光是做朋友吗？”

原来她们是朋友；不管是什么样的朋友也罢，戴维想，并且竭力不再去想，只在这现实已变得虚幻的氛围里交谈并倾听。他听到了她们每人关于对方说的话，他知道她们每人一定了解对方想些什么，也许还了解对方告诉过他什么。就这方面看来，她们确实是朋友，有基本分歧却相互理解，完全不信任对方却相互信任，并且喜欢相互作伴。他也喜欢跟她们作伴，可是今晚他觉得厌倦了。

明天他一定要回头去写属于他自己的那个地区，就是凯瑟琳唯恐他去写而玛丽塔喜爱并尊敬的。他曾在那篇小说中的那一带地方感到愉快，明白这等美事不可能持久，而眼下他离开了自己关怀的地方，处身在这人员过多的疯狂的空间中，这空间此刻已又变得过分实际了。他对此感到厌恶，对玛丽塔跟她的敌人合作感到厌恶。凯瑟琳并不是他的敌人，只是有一点，在这场没有结果而无法完成的探索也就是爱的追求中，她以他本人的身份出现，因此成为她自己的敌人了。她一向巴不得有个敌人，以致必须保留一个在身边，而因为她知道我们防线的优缺点以及所有的漏洞，她正是最最近在身边和最最易受打击的那一个。她熟练之至地包抄我的侧翼，然后发现那正是她自己的侧翼，而最近的那一仗始终乱成一团，扬起的尘土正是我们自己的尸灰。

晚饭后，凯瑟琳要跟玛丽塔玩十五子游戏。她们玩起来总是挺认真，还赌钱，等凯瑟琳去拿游戏盘时，玛丽塔对戴维说，“请你今晚无论如何不要到我房里来。”

“好。”

“你理解吗？”

“我们别用这个字眼吧，”戴维说。由于写作的时间越来越近了，他的冷静心态又恢复了。

“你生气了？”

“对，”戴维说。

“对我？”

“不。”

“你不能对任何有病的人生气。”

“你在世上还生活得不太久，”戴维说。“恰恰是那种人一向叫人生气。你自己什么时候害了病就会明白。”

“但愿你不会生气。”

“但愿从没见过你们中的任何一个。”

“请别这样说，戴维。”

“你知道不是这么回事。我不过是要准备写作罢了。”

他走进他和凯瑟琳的房间，开了他睡的那一边床头的台灯，舒舒服服地躺下，看一本威·亨·赫德森写的书。那是《丘陵地的自然风貌》[1]，因为书名起得不会叫人有什么期望他才拿来看的。他懂得好歹，知道到时候了，需要博览群书，所以把最好的留下供将来读。不过一旦不去考虑这本书的书名，它可一点儿也不叫他腻味。他看得很愉快，他退出了自己的生活，陪同赫德森和他兄弟一起骑马驰进月光下一片乱蓬蓬的齐胸高的白色蓟草冠毛之中，可是那骰子的嗒嗒声[2]和两个姑娘的低语声也渐渐变得真切起来，因此过了一会儿，他走出房去调一杯兑矿泉水的威士忌以便拿回去边看书边喝时，见到她们在玩游戏，看上去像是真实的人在干什么正常的事，而不是他老大不愿地被拖去看的某出难以置信的话剧中的人物。

他回进房看书，慢吞吞地喝他的兑矿泉水的威士忌，后来脱了衣服，关了灯，几乎睡去了，这时听到凯瑟琳走进卧室的声音。他觉得她在浴室中待了好久，才感觉到她上床来，就一动不动地躺着，平稳地呼吸着，希望当真能睡去。

“你醒着吗，戴维？”她问。

“我看是吧。”

---

① 赫德森还是个杰出的博物学家，这部作品出版于1900年，写英格兰南部供放牧用的大片丘陵地的地理情况。

② 十五子游戏靠掷出的骰子点数来决定行棋格数。

“别醒过来，”她说。“谢谢你到这里来过夜。”

“我一向如此的啊。”

“你不必这样做。”

“不，我要。”

“很高兴你这样做。晚安。”

“晚安。”

“你肯吻我说晚安吗？”

“当然，”他说。

他吻了她，这正是凯瑟琳，就像她过去的老样子，仿佛回到他身边来待一会儿的样子。

“对不起，我又叫你大大失望了，”她说。

“别谈这事吧。”

“你恨我吗？”

“不。”

“我们可以照我的计划重新开始吗？”

“我不这么想。”

“那么你为什么到这儿来？”

“这是我本该待的地方。”

“没别的理由？”

“我想你可能会觉得孤单。”

“我正是这样。”

“人人都觉得孤单，”戴维说。

“睡在一起还觉得孤单才可怕呢。”

“没有任何解救的办法，”戴维说。“你的计划和方案全都一文不值。”

“我还没有执行的机会啊。”

"反正全都是荒唐可笑的。我厌恶荒唐可笑的事儿。给搞垮的不只是你一个人。"

"我知道。不过难道我们不能就这么再试一次，让我真正乖乖的做人吗？我能。我差一点做到过。"

"我厌恶这一切，魔鬼。浑身上下、里里外外都厌恶。"

"你不肯为了她和我两个就这么再试一次吗？"

"不会成功的，我厌恶死了。"

"她说过你们美美地过了一天，还说你确实过得开心而并不沮丧。你不肯为了我们俩再试一次吗？我实在想得厉害啊。"

"你什么都想得厉害，可是等你得到了，事情就过去了，你一点也不在乎。"

"我那一回不过是太自信罢了，后来就变得难以容忍了。求求你，我们再试一次可好？"

"睡觉吧，魔鬼，别谈下去了。"

"请再吻我一次，"凯瑟琳说。"我要入睡了，因为我知道你会这样做的。你总是做凡是我要你做的事，因为你也确实想做。"

"你只为你自己做事，魔鬼。"

"说得不对，戴维。反正我既是你又是她。这是我当初那样做的理由。我就是每个人。这你知道，是不？"

"睡吧，魔鬼。"

"我就睡。不过请你先再吻我一次，这样我们就不会感到孤单了，好吗？"

第二十四章

到了早上，他又回到那背面的山坡上。那头象不再像以前那样在赶路，而是漫无目标地走动着，偶尔找点东西吃，而戴维已看出他们越来越接近它了。他竭力回想当时的感觉。他到这时对这象还没有好感。这一点必须记住。他只有一份忧伤，这是因为他自己感到疲惫才产生的，而疲惫使他觉悟到年龄是怎么回事。尽管还太小，他懂得了太老该是怎么样的一回事。基波不在，他感到寂寞，想到朱马杀死了那象的伙伴，使他对朱马产生了反感，使那象成为他的兄弟。当初在月光下看到了那象，由他和基波一起跟踪，在林中空地上逼近它，这样才看清那两支大象牙，他现在才明白这回事对他有多么重要。但他并不知道再也不会有这么好的事情了。现在他知道他们要杀死这头象，而他一点办法也没有。他当初赶回农场去通知他们，出卖了这头象。如果我们拿到了象牙，人家就会杀死我，并且人家也会杀死基波，他曾这么想，但知道并不会这样。也许这头象就会找到它诞生的地方，而他们就会在那儿把它杀死。他们就需要这样做来使这事十全十美。他们巴不得在当初杀死它伙伴的地方把它杀了。这倒会是个大笑话。会叫他们高兴的。这帮该死的杀伙伴的凶手。

这时他们走到密林的边缘了，那象就近在前方。戴维闻得到它的气味，他们全听得到它扯下树枝的声音和树枝折断时的噼啪声。戴维的父亲伸手搭上他的肩头把他拉回去，要他等在林子外面，然后从口袋中一只小包里掏出一大把灰，抛向空中。灰掉下时微微地朝他们飘过来，他父亲就朝朱马点点头，弯腰跟随他钻进密林。戴维看到他们的背脊和屁股钻进去就不见了，他听不到他们走动的声音。

戴维一动不动地站着，听象在吃东西。他闻得到它的气味，浓得跟那晚他在月光下赶到离它很近的地方看到那两支了不起的象牙时一样。他站在那儿，随即一无声息，也闻不到象的气味了。接着是一声响亮的尖叫和撞击声，接着是.303口径枪的一声枪响，接着是他父亲那支.450口径枪的两声深沉而震撼空气的枪响，接着那撞击破裂声远去，渐渐一步步消失，于是他钻进了密林，只见朱马站着，受到了惊吓，前额上在淌血，直淌到他脸上，而他父亲脸色煞白，窝着怒火。

“它朝朱马直冲，把他撞倒，”他父亲曾说。“朱马击中了它的脑袋。”

“你击中了它的什么地方？”

“尽我能力击中那该死的地方，”他父亲曾说。“继续跟踪这该死的血迹。”

血真多啊。有一股齐戴维的头那么高，喷在树干和树叶和藤蔓上，呈鲜红色，另一股低得多，呈暗红色，附有胃肠里的脏东西。

“打中了肺部和肚子，”他父亲说。“我们会发现它倒在地上或者不能动弹了——真希望是这样，”他找补一句。

他们发现它不能动弹了，万分痛苦，绝望得再也无法走动了。它曾在它吃东西的密林中横冲直撞地前进，在一片稀疏的林地上跨过一条走道，于是戴维和他父亲顺着这溅满鲜血的小道一路奔跑。随后这象钻进了密林，戴维看见它就在前面站着，一片灰色，身躯庞大，靠在一棵树的树干上。戴维只看得见它的臀部，随后他父亲跑上前去，他就跟随着，两人跑到象的侧面，好像它是一条船似的，戴维看到鲜血从它的肋腹一路淌下，接着他父亲举起步枪，开了一枪，象转过头来，两支大象牙笨重缓慢地随着转，它看着他们，等他父亲开了第二枪，它像一棵被砍倒的树似的摇晃起来，朝他们哗啦啦地倒下。但它没有死去。它曾被弄得动弹不了，这时肩部被击裂，倒在地上了。它一动不动，一只眼睛却是活生生的，望着戴维。它睫毛非常长，那只眼睛是戴维曾见过的最活生生的东西。

“用.303朝它的耳腔开枪，”他父亲说。“动手呀。”

“你来打，”戴维曾说。

朱马已一瘸一拐地赶上前来，鲜血淋漓，前额的皮肤耷拉在左眼上，鼻骨露了出来，一只耳朵给扯破了，他一言不发，从戴维手中拿过步枪，把枪口几乎插进耳腔，猛拉枪栓，使它狠狠地朝前弹，连开了两枪。象挨到第一枪时，一只眼睛睁得老大，随即变得呆滞起来，鲜血从耳中涌出，在皱巴巴的灰色皮肤上成鲜亮的两道淌下。这血的颜色不同，戴维想我该记住这一点，他记住了，但对他从没有过什么用处。这时象的所有尊严和高贵以及所有的美都消失了，成为皱巴巴的一大堆血肉。

“得，我们打死它了，戴凡，谢谢你，”他父亲曾说。“我们现在最好生堆火，这样我可以把朱马的伤治好。过来吧，你这血淋淋的汉普蒂·邓普蒂①。那些象牙跑不了。”

朱马咧嘴笑着，来到他身边，手里拿着上面一根毛也没有的象尾巴。两人讲了句脏笑话，他父亲随即用斯瓦希里语快速地讲起来：到有水的地方有多远？你得跑多远去找人来把这些象牙从这儿

---

① 这是英国无名氏作的童谣中的一个蛋形矮胖子，他坐在墙头，后来跌下，给摔得粉碎，再也无法复原。

搬走？你好吗，你这不中用的老混蛋？你哪儿的骨头断了？

得到了回答，他父亲就说，“你陪我回去，到我们进林子追它时放下背包的地方去拿。朱马可以找些木头把火生好。医药包在我的背包里。我们得在断黑前把背包取回来。他不会感染的。这跟爪子抓的伤不一样。我们走吧。”

他父亲早知道他对这头象的感情，因此当晚和接下来的几天内他竭力使戴维回复成那个还没认识到自己痛恨猎象的小孩，尽管并不想使他改变看法。戴维没有在这篇小说中提到他父亲的这个意图，那是从没讲出过的，只采用了当时发生的事，写下了厌恶感、屠杀的情况和感受，还有砍下象牙的情况和对朱马做的粗糙的外科手术，因为没有麻醉药，用戏谑的俏皮话来作掩饰，蔑视痛苦，冲淡痛苦的程度。戴维肩上新加的责任，以及给了他但他没有接受的信任，他都写进了小说中，但没有指出其重大意义。他竭力把这头象最后痛苦地给困在树下的情景写得活龙活现，它浑身是血，以前已流过不知多少次了，但总是能加以止住，而这一回却涌上它的喉部，使它无法喘气，那颗巨大的心脏把血液压送出来使它几乎咽气，这时它注视着那人上前来结果它的性命。戴维感到真得意，这头象闻到了朱马的气味，立刻朝他冲击。要不是他父亲朝它开了枪，它原会杀死朱马的，就这样，它用长鼻子把朱马甩进了树丛，尽管死到临头，还是朝前冲，感到挨了枪无非是又伤着了一回，直到鲜血涌上来，弄得无法喘气。当晚，戴维坐在火堆边，望着朱马，只见他脸上的伤口已缝合，有几根肋骨给撞断了，他竭力不靠它们来呼吸，心想不知这象在他试图杀死它时有没有认出他来。他希望象认出了。象如今成了他心目中的英雄，正如他父亲好久以来是他心目中的英雄，他就想，我不相信它这么又老又累竟能干出这样的事来。它原会把朱马杀死的。不过它没有带着仿佛要杀死我的样子对我看。它仅仅看来忧伤，就像我的感觉一样。它在自己死去的一天来看望它的老伙伴。

他完成了这篇小说，明白这是有关一个非常年轻的男孩的故事。他通读了一遍，发现有些必须加以填补的脱节的地方，这样不管是谁读起来会感到像真的发生在眼前一样，他就在那些脱节地方的页边作了记号。

他想起那头象的眼睛一失去生气，它就失去了全部的尊严，而且等他父亲和他拿了背包回来，这象已经开始膨胀起来，尽管这夜晚很凉快。那头真象不见了，只剩下这灰扑扑、皱巴巴的在膨胀的尸体，还有那两支硕大的棕黄斑驳的象牙，他们正是为了要象牙才杀死它的。象牙上沾着斑斑血迹，他用拇指指甲刮了一些下来，像一片干掉的火漆，把它放在衬衫口袋里。他从象身上只取得了这一点儿东西，还有就是开始懂得什么是寂寞感了。

屠宰了象之后，他父亲当晚在火边试图和他谈谈。

"它是杀人凶手，你该知道，戴凡，"他曾说。"朱马说谁也说不清它究竟杀了多少人。"

"他们是全都打算杀它的，可不是吗？"

"那当然，"他父亲曾说，"长着这么一对象牙嘛。"

"那么它怎么能是凶手呢？"

"你爱怎么想就怎么想吧，"他父亲曾说。"很遗憾关于它你思想给搞得这么乱。"

"但愿它把朱马杀了，"戴维曾说。

"我看这未免有点太过分了吧，"他父亲说。"朱马是你的朋友，你知道。"

"不再是了。"

"没必要去跟他这么说。"

“他知道的，”戴维曾说。

“我看你错看了他，”他父亲说，两人谈到这里就打住了。

后来，他们终于在发生了那么多事之后把象牙安全地带了回去，它们就靠在用枝条抹上泥筑成的房子的墙上，尖端挨在一起，象牙又长又粗，连伸手摸到的人也都不相信它们是真的，它们向内弯成弧形，尖端碰在一起，没人能摸到那个大弯子的顶端，连他父亲也不行，当时朱马和他父亲和他都成了英雄，基波成了英雄的狗，而那些抬象牙的人也都成了英雄，已经有点醉的英雄，而且会变得更醉，这时他父亲曾说，“你想讲和吗，戴凡？”

“行啊，”他说，因为他知道这就该开始再也不对人讲什么秘密，这是他已打定主意的。

“我太高兴了，”他父亲说。“这样简单多了，也好得多。”

于是他们坐在那大无花果树树荫下的老人坐的凳上，那两支象牙靠在小屋墙上，他们喝着由一个小姑娘和她小弟弟端来的盛在葫芦瓢制成的杯子里的土酿啤酒，他不再是个可憎的讨厌鬼，而是侍奉英雄们的下手了，就坐在尘土中，身旁是那只属于英雄的英雄般的狗，它抓着一只老童子鸡，是新近升级为英雄们喜爱的宠物的。他们坐在那儿喝啤酒，这时大鼓敲起，开始奏乐跳舞了。

他走出写作室，感到愉快，自豪，空落落的，这时玛丽塔正坐在露台上的阳光下等他，这样明亮的早秋清晨是他从没想过会有的。这是个十全十美的早晨，宁静而凉快。下面的大海一片平坦，水波不兴，海湾对面是戛纳的弯弯的白沙滩，后衬一道深色山脉。

“我非常爱你，”这黑皮肤的姑娘站起来，他对她说。他伸出双臂搂住她，吻她，她就说，“你完成了。”

“当然，”他说。“为什么不呢？”

“我爱你，我非常自豪，”她说。两人走出去眺望大海，彼此搂抱着。

“你好吗，姑娘？”

“我非常好，非常愉快，”玛丽塔说。“你刚才说爱我是真心话，还是仅仅因为这早晨多美好？”

“是因为早晨的关系，”戴维说，又吻了她。

“可以看看那篇小说吗？”

“今天太美好了，别看吧。”

“难道不能让我看了跟你有同样的感受而不光是因为你高兴我才高兴，就好像我是你的狗？”

他给她钥匙，等她拿了笔记本来坐在吧台前看，戴维就在她身边坐下一起看。他知道这样做不礼貌，很蠢。他从没跟别人这样做过，而且这是跟他关于写作的想法全都抵触的，但他只在眼下一臂搂着姑娘、望着印有横线的纸上写的东西时才想到这一点。他忍不住要陪她一起看，忍不住要把他从未跟人分享过并且认为不能也不该跟人分享的东西跟人分享。

玛丽塔看完了，伸出双臂搂住戴维，使劲吻他，竟弄得他嘴上出血了。他望着她，心不在焉地尝着自己鲜血的味道，笑了。

“对不起，戴维，”她说。“请原谅我。我高兴死了，觉得比你更得意呢。”

“写得不错吧？”他说。“你能闻到那农场的气味和小屋里清纯的气味，并且感觉到那些老人坐的椅子的光溜溜的椅座吗？小屋内实在干净，泥地打扫一清。”

“那当然啦。你另一篇小说中也写到过。我还能看到那条英雄般的狗基波侧着脑袋的样子。你当时真是个可爱的英雄。那片干血在你口袋里留下痕迹了吗？”

“是啊。我出汗时它溶化了。”

“我们进城去庆祝一番吧，”玛丽塔说。“我们今天有好多事可干呢。”

戴维到吧台去倒了些黑格牌威士忌在一只酒杯内，然后加上冰镇矿泉水，随身带到房内，喝了半杯，洗了个冷水淋浴。随后他穿上宽松长裤和衬衫，穿上帆布便鞋准备进城。他觉得这篇小说很好，想到玛丽塔，感觉更好了。这两种感觉并没有因为他如今观察力更敏锐了而有所减弱。而头脑清醒了并没有带来悲哀。

凯瑟琳正在干不知什么她正在干的事，而且会干她要干的任何事。他眺望窗外，过去那股无忧无虑的愉快劲儿又兜上心头。这实在是个飞行的好日子。他希望附近有片飞机场，可以租一架飞机，带玛丽塔上天，让她明白可以怎样打发这样一个好日子。她兴许会喜欢的。但是这儿没有什么飞机场。所以别去想它吧。然而会是很好玩儿的。滑雪也一样。想滑雪的话，只消过两个月就成。天哪，真好，今天写完了，而且有她在身边。玛丽塔就在身边，不会该死地妒忌他把时间花在写作上不能陪她，也用不着让她明白你追求的是什么，已经做到了什么程度。她真的明白，不是装作明白。我的确爱她，威士忌，你把这点记下来，毕雷矿泉水你这老朋友老毕雷，你给我作证，毕雷，我一向对你忠诚，用我自己的该死的方式。你感觉特好，就会感到非常之好。这是种无聊的感觉，但对今天很合适，所以就这样感觉吧。

“走吧，姑娘，”他在玛丽塔房间的门口对她说。“除了你那两条美丽的腿儿，还有什么把你拖住了？”

“我准备好了，戴维，”她说。她穿着件紧身线衫和宽松长裤，脸上亮光光的。她把深色头发朝后一捋，望着他。

“你心情特愉快时真是妙不可言。”

“这日子真美好，”他说。“而我们运气真好。”

“你这么想吗？”她说，两人走到汽车边。“你认为我们真的运气好吗？”

“对，”他说。“我想是今儿早上转运的，要不，也许是夜里吧。”

第四部

第二十五章

他们开车回来，只见凯瑟琳的车停在旅馆的车道上。它停靠在进入旅馆的砂砾路的右侧。戴维把他开的伊索塔车停在它的后面，和玛丽塔下了车，顺着车道走过这辆又小又矮的蓝色空车，走上石板铺的走道，一言不发。

两人走过锁着门、开着窗的戴维的房间，玛丽塔在她房门口站住了说，“再见。”

“今儿下午你打算做什么？”他问。

“我不知道，”她说。“我会待在这儿的。”

他继续走到旅馆的露台上，从大门进去。凯瑟琳正坐在吧台前看巴黎版的《先驱报》，手边吧台上有一只酒杯和半瓶葡萄酒。她抬头看他。

“什么事使你回来了？”她问。

“我们在城里吃了中饭，就开车回来了，”戴维说。

“你那婊子好吗？”

“我还没养过婊子。”

“我是指你为她写那些短篇小说的那一个。”

“喔。那些小说。”

“对。那些小说。那些写你跟你那假冒伪善的醉鬼老子度过青春期的枯燥乏味微不足道的小说。”

“他实在并不那么假冒伪善。”

“难道他没有蒙骗他妻子和所有的朋友？”

“不。实在只蒙骗了他自己。”

“你在这些最近写的特写或短文或毫无意义的轶事中可真把他写得卑鄙无耻啊。”

“你是说那些短篇小说。”

“你才管它们叫短篇小说，”凯瑟琳说。

“对，”戴维说，在这干净舒适的旅馆讨人喜欢、阳光灿烂的房间内，在这明亮清澈的白天，斟了杯喜人的冰镇葡萄酒，呷着，但是感到这酒无法使自己那颗冷透了的心振奋起来。

“要我去叫女继承人来吗？”凯瑟琳说。“不能让她以为我们弄错了今天是谁的日子，所以我们俩单独在一起喝酒。”

“不用去叫她。”

“我想去叫嘛。她今天好好照顾了你，我可没有。说真的，戴维，我至今还不是个坏女人。不过行动和讲话像坏女人而已。”

戴维等着凯瑟琳回来，又喝了一杯香槟，看她留在吧台上的那份巴黎版《纽约先驱报》。一个人喝这葡萄酒，味道不一样，他就去厨房找了一个软木塞，把瓶子塞上，才动手放进冰柜。可是觉得瓶子不大沉，就举起瓶子，对着透进西窗的天光，一看剩下的酒不多了，就倒出来，一口喝光，把瓶子放在铺地砖的地面上。即使迅速地一口喝光也对他没起什么作用。

感谢上帝他正在这些小说中取得突破性的进展。正是上一部书中的那些人物以及使之可信的正确的细节描写使它成为一部好书。他实在只消正确地回忆，有意不把一些事写进去，作品就能成形。随后，他当然可以像照相机那样把光圈调小，加强亮度，使之集中在一点上，让热度使这一点亮光光的，开始冒烟。他明白这一阵子正在做到这一点。

凯瑟琳存心要伤害他时关于那些短篇小说所说的话，使他开始回想他父亲以及他试图尽自己能力所做的一切。现在，他对自己说，你必须试图再成长起来，正视必须正视的问题，不必因为有人不理解不欣赏你写的东西就感到烦躁或受到伤害。她对此越来越不理解了。可是你写作得很顺利，只要你能写下去，什么事情也影响不了你。现在想法帮助她吧，忘了你自己。明天你得把那篇小说润色一遍，使它十全十美。

但是戴维不愿想起这篇小说。他关心写作，甚于其他的一切，但他还关心很多别的事，不过他明白在写作时绝对不能为之发愁，也不能过分地摸弄把玩，就像不能为了看看一张底片如何显影而打开暗室的门。让写作自流吧，他对自己说。你是个该死的傻瓜，可是你至少懂得了这一点。

他的思路转向那两个姑娘，心想不知道该不该去找她们，问问她们想干什么，或者是否想去游水。这一天毕竟是属于玛丽塔和他的，她也许正在等着。为了他们每个人，也许今天还可以做些挽救。她们也许在策划什么。他该前去问问她们想干些什么。那就去吧，他对自己说。别站在这儿，光是想了。前去找她们吧。

玛丽塔的房门关着，他就敲敲门。

她们正在谈话，他一敲门，话就停了。

“谁呀？”玛丽塔问。

他听见凯瑟琳的笑声，她说，“不管是谁，进来吧。”

他听见玛丽塔对她说了句什么话，凯瑟琳就说，“进来吧，戴维。”

他打开门。她们正一起并排躺在大床上；单被拉上到齐下巴的地方。

“请进，戴维，”凯瑟琳说。“我们正在等你哪。”

戴维看着她们，这严肃的黑皮肤姑娘和好看的在哈哈笑的另一个。玛丽塔望着他，看样子想跟他说些什么。凯瑟琳在哈哈笑。

“你也上来好吗，戴维？”

“我过来看看你们是否想去游水什么的，”戴维说。

“我不想去，”凯瑟琳说。“女继承人在床上睡熟了，我就上床陪她。她非常规矩，开口要我走。她一点也没有对你不忠诚。一丁点儿也没有。不过你可愿意也上来，这样我们俩都可以对你忠诚？”

“不，”戴维说。

“请吧，戴维，”凯瑟琳说。“今天多美好啊。”

“你想去游水吗？”戴维问玛丽塔。

“我很想去，”姑娘说，头露出在单被上方。

“你们这两名清教徒，”凯瑟琳说。“请你们俩通情达理些，就上床来吧，戴维。”

“我要去游水，”玛丽塔说。“请出去，戴维。”

“为什么不让他看你？”凯瑟琳问。“他在海滩上看过。”

“他可以在那小湾看我，”玛丽塔说。“请出去，戴维。”

戴维走出去，没有回头看，就关上门，听到玛丽塔在跟凯瑟琳悄声说话，还听到凯瑟琳的笑声。他顺着石板路走到旅馆门前，眺望大海。这时吹起一阵轻风，他注视着三艘法国驱逐舰和一艘巡洋舰在编队行驶，在解决一些技术问题，鲜明地刻划在蓝色海面上，队形整齐，黑黝黝的。它们在海面的远方，从它们的大小看像是印在纸上供人识别舰型的剪影，后来有一艘加速行驶，变换了队形，舰艏出现一道白色的水花。戴维看着看着，两个姑娘前来找他了。

“请你别发脾气，”凯瑟琳说。

她们穿着上沙滩去的衣着，凯瑟琳把一只装着毛巾和浴衣的包放在一张铁椅上。

"你也去游水吗？"戴维对她说。

"如果你不生我的气的话。"

戴维没说什么，只顾看着那些军舰在改变航向，这时又有一艘驱逐舰一个急转弯，驶出了队列，舰艏朝后拖出一道弧形的白色水花。它开始放烟，以侧翼行驶的速度打弯时，这股黑烟拖得越来越宽，像一大片羽毛。

"只是开开玩笑罢了，"凯瑟琳说。"我们一直在开特好的粗俗的玩笑。你跟我这样做过。"

"它们在干什么，戴维？"玛丽塔问。

"反潜艇演习吧，我想，"他说。"也许有潜艇在跟它们一起操练呢。它们也许是从土伦[1]开出的。"

"它们在圣玛克辛或者圣拉斐尔出现过，"凯瑟琳说。"我有天见过。"

"我弄不懂现在放烟幕干什么，"戴维说。"敢情还有些别的舰船，我们看不到。"

"飞机来了。"玛丽塔说。"不是很好看吗？"

那是些水上飞机，看上去非常小，队形整齐，有三架正贴近水面从地岬那边拐来。

"我们初夏在这儿时，它们在波尔盖罗莱岛[2]那边作过打炮演习，真是惊心动魄，"凯瑟琳说。"窗子都震动了。他们现在会扔深水炸弹吗，戴维？"

"我不知道。如果他们用真的潜艇一起演习，我看不会扔。"

"我可以去游水，请问可以吗，戴维？"凯瑟琳问。"我就要出

---

① 法国东南部濒地中海一大军港，位于他们住的纳波尔和马赛之间。

② 位于土伦东南。

门了，这样你们就可以始终单独在一起游水了。”

“我问过你要不要游水来着，”戴维说。

“这倒不假，”凯瑟琳说。“你问过。那我们现在就去，大家做好朋友，高高兴兴的。如果飞机飞近来，他们可以看见我们在那小湾的沙滩上，这会使他们高兴起来的。”

那些飞机的确飞过紧靠小湾外面的上空，当时戴维和玛丽塔正在出海较远的地方游水，而凯瑟琳在海滩上晒日光浴。飞机飞速地掠过，三个由三架组成的梯队，飞过他们上空时机上的罗讷式大型发动机突然吼叫起来，然后朝圣玛克辛飞去，声音逐渐消失。

戴维和玛丽塔游回海滩，在凯瑟琳身边的沙地上坐下。

“他们连看也不看我一眼，”凯瑟琳说。“该是些特正经的小伙子吧。”

“你指望什么？空中摄影？”戴维问她。

自从离旅馆以来，玛丽塔沉默寡言，听了这话也没说什么。

“当初戴维真心跟我一起生活时，真是有劲，”凯瑟琳对她说。“我还记得当初我喜欢戴维干的每一桩事。你必须想法也喜欢上他爱干的事儿，女继承人。这是说如果他还有什么爱干的事儿的话。”

“你还有什么爱干的事儿吗，戴维？”玛丽塔问。

“他把什么都拿去换成那些短篇小说了，”凯瑟琳说。“他一向有许许多多爱干的事儿。我确实希望你喜欢那些短篇小说，女继承人。”

“我喜欢，”玛丽塔说。她并不朝戴维望，只顾坐着眺望大海，他倒看着她那张宁静黝黑的脸和被海水弄湿的头发和光滑可爱的肌肤和美观动人的身体。

“这敢情好，”凯瑟琳懒洋洋地说，懒洋洋地深深吸了一口长气，这时正摊手摊脚地躺在沙地上铺着的浴衣上，这沙地被下午的阳光晒得还是暖烘烘的。“因为这就是你将得到的东西。他一向还会干许许多多事儿，而且干得全都特棒。他曾有过妙不可言的生活，可如今只顾想到非洲和他那醉鬼老子和他那些报上剪下来的东西。他的那些剪报。他可曾给你看过他那些剪报，女继承人？”

“没有，凯瑟琳，”玛丽塔说。

“他会的，”凯瑟琳说。“他一度在王家水道港试图给我看过，可我叫他不再这么做。有好几百张剪报，而每一张，几乎每一张上都有他的照片，而且全都是同样的那一张。实在比随身带着淫秽的明信片更糟。我想他常常一个人看这些剪报，为了这些他对我不忠诚。也许该丢在废纸篓里。他手边总是有只废纸篓。他亲口讲过，那是对一个作家最重要的东西——”

“我们去游水吧，凯瑟琳，”玛丽塔说。“我觉得有点冷了。”

“我是说废纸篓曾是一个作家最重要的东西，”凯瑟琳说。“我曾想到该为他弄一只真正棒的配得上他的废纸篓。可他从来不把写的任何东西扔进去。他在那些荒谬可笑的小孩子用的笔记本上写作，什么也不扔掉。他仅仅把字句划掉，沿着一页页的边上写。这事儿实在全是个骗局。他拼错字，还犯语法错误。你可知道，玛丽塔，他实在连语法也不懂？”

“可怜的戴维，”玛丽塔说。

“当然啦，他的法语更糟，”凯瑟琳说。“你从没看到他试图用法语写作过。在讲话时，他即兴发挥得相当好，讲起俚语来可逗啦。不过实际上他是文盲。”

“太糟了，”戴维说。

“我一向以为他挺了不起，”凯瑟琳说，“直到发现他连一张简单的便条也写不准确。不过这样你今后才能替他用法语来写啊。”

“做你的跟屁虫，”戴维高高兴兴地用法语说。

“这一套他挺拿手，”凯瑟琳说。“随口说出的俚语口头禅，也许早已过时了，他还不知道呢。他讲的法语啊，习语用得非常得当，可就是根本不会用法语来写作。他实在是个文盲，玛丽塔，你必须正视这一点。他的字也写得糟透了。他没法写得像个上等人，也不会用任何语种讲得像个上等人。不是他的本国语言，尤其如此。”

“可怜的戴维，”玛丽塔说。

“我不能说我已把自己一生中最好的那几年给了他，”凯瑟琳说。“因为我跟他一起生活仅仅是从三月份开始的，我想是这样吧，不过我确实把自己一生中最好的那几个月给了他。反正是我享受到最多乐趣的那几个月，而他也确实使这几个月有趣。我希望这时期也没有以彻底的幻灭告终，不过如果你发现这男人是文盲，竟独个儿在一只装满了从什么独一无二的罗梅克[1]，不管他是什么人吧，捎来的剪报的废纸篓中干伤风败俗的事儿，你该怎么办。哪个姑娘都会泄气的，因此坦白地说吧，我不打算再容忍下去了。”

“你拿那些剪报去烧了吧，”戴维说。“这样做最最明智了。你现在可想下水游泳，魔鬼？”

凯瑟琳狡猾地望着他。

“你怎么知道我已经干了？”她问。

“干了什么？”

“烧了那些剪报。”

“你真烧了，凯瑟琳？”玛丽塔问。

“当然烧了，”凯瑟琳说。

---

① 指罗梅克办的剪报服务社。

戴维站住了望着她。他觉得完全空落落的。就像在山路上拐了一个弯，可是前面没有路了，只有一道深渊。玛丽塔这时也站着。凯瑟琳望着他们俩，脸色宁静，显得通情达理。

“我们下水去游吧，”玛丽塔说。“就朝外游到那地岬再拐回来吧。”

“很高兴你到底心情愉快了，”凯瑟琳说。“我早想下水了。天气确实变得相当凉快了。我们忘了已是九月了。”

第二十六章

他们在沙滩上穿好衣服，爬上陡峭的小道，戴维拎着装海滩用品的包，一起走到松林中那旧汽车停着的地方。他们上了车，戴维在傍晚的天光中开车回旅馆。凯瑟琳在车中默默无言，在任何经过他们身边的人看来，他们大可以是哪个下午从埃斯特雷尔地区一个人迹罕至的海滩回来的样子。他们在车道上下车时，那些军舰已经看不见了，松林另一头的大海蔚蓝而平静。这傍晚和那早晨一样美好一样明净。

他们一路走到旅馆入口处，戴维把那只装海滩用品的包带进寄物间，放下了。

“交给我吧，”凯瑟琳说。“这些东西该晾晾干。”

“对不起，我想错了，”戴维说。他在寄物间门口转身一直走出去，然后走到旅馆另一头他的工作室。进了房间，他打开那只威登牌[①]大衣箱。那叠上面写着那些短篇小说的笔记本不见了。那四只装着剪报的饱鼓鼓的银行信封也不见了。那叠写那篇游记的笔记本却原封未动。他关上衣箱，锁上，把大衣柜的只只抽斗搜个遍，还在室内四处寻找。他没想到那些短篇小说会失踪。他没想到她竟会这么干。在海滩上时，他得悉她可能已经这么干了，但似乎并不可能，他并不真正相信。他们对此一直心平气和、小心谨慎和自我克制，因为你训练有素，能应付危险或危机或灾难，不过看来还是不可能会真的发生。

他如今明白这事已发生了，但还是以为也许只是个天大的玩笑。因此，尽管心里空落落的，死气沉沉，他还是重新打开衣箱检查了一遍，锁上后把室内也再检查了一遍。

现在没有危险也没有危机了。现在只有灾难了。不过还是不可能这样。她一定把它们藏在什么地方了。它们可能在寄物间，或者在他们俩自己的房间内，要不她可能把它们放在玛丽塔的房间内。她不可能当真把它们销毁的。没人能对一个同类这么干。他依然不相信她这么干了，但是当他关上门并锁上时，觉得胃里直想吐。

戴维走进酒吧间时，两个姑娘正在那儿。玛丽塔抬眼看他，看出了情况如何，凯瑟琳从大镜子里看他走进来。她并不回头看他，只顾看他在镜子里的影子。

"你把它们放哪儿啦，魔鬼？"戴维问。

她从镜子前转过身，望着他。"不告诉你，"她说。"我把它们处理了。"

"希望你告诉我，"戴维说。"因为我非常用得着。"

"不对，你用不着，"她说。"它们一钱不值，我讨厌它们。"

"不该讨厌写基波的那篇吧，"戴维说。"你爱过基波。不记得了？"

"它也得被毁掉。我本想把写它的那部分撕下来，保留起来，可是没找到。反正你说过它死了。"

戴维看见玛丽塔对她望望然后望开去。然后她又回头望了。"你在什么地方烧的，凯瑟琳？"

"我也不能告诉你，"凯瑟琳说。"你也参预其中的。"

"你把它们跟那些剪报一起烧的？"戴维问。

---

① 全名为路易威登牌，为法国路易威登箱包公司的名牌产品。该公司至今已有一百五十年历史。他们曾为顾客的特殊需要制作衣箱，海明威本人就订制过。

“不告诉你，”凯瑟琳说。“你对我讲话的口气像个警察或者学校里的老师。”

“告诉我吧，魔鬼。我只想了解一下。”

“是我出的钱，”凯瑟琳说。“是我出了钱你才能写作的。”

“我知道，”戴维说。“你干得十分慷慨。你在什么地方烧的，魔鬼？”

“我不愿告诉她。”

“好。那就只告诉我吧。”

“叫她走开。”

“反正我确实该走了，”玛丽塔说。“回头见，凯瑟琳。”

“这敢情好，”凯瑟琳说。“这原本不是你的错，女继承人。”

戴维在凯瑟琳身边的高凳上坐下来，她望着大镜子，看玛丽塔走出酒吧间。

“你在什么地方烧的，魔鬼？”戴维问。“现在可以告诉我了。”

“她不会理解的，”凯瑟琳说。“所以我才要她走开。”

“我懂，”戴维说。“你在什么地方烧的，魔鬼？”

“就在女主人用来烧垃圾的那只有小孔的铁桶里，”凯瑟琳说。

“全都烧掉了？”

“对。我把车库里的一桶火油浇上了一些。火势很大，全都烧掉了。我这样干是为了你，戴维，为了我们大家。”

“我相信你是这样，”戴维说。“全都烧掉了？”

“呣，是的。我们可以前去看看，如果你想看的话，不过也没这个必要。纸张全烧成黑色，我用根棒搅和过。”

“我只想前去看一下，”戴维说。

“你可是会回来的，”凯瑟琳说。

“当然，”戴维说。

那是在一只烧垃圾的桶里烧的，它原来是只五十五加仑的汽油桶，边上打了一些洞。那根用来捣灰的棒一端还是新熏黑的，是根旧扫帚柄，以前派过这个用场。那只提桶在石砌工棚内，里面盛着火油。烧垃圾的桶里有一些笔记本的绿色封面烧焦的碎片，还辨认得出来，戴维还找到一些烧剩的剪报，和两小片烧焦的粉红色纸，他认出正是罗梅克剪报服务社的用纸。在一张上他认出发自罗得岛州普罗维登斯的电头。这些灰被搅和得很彻底，但如果他特意筛选或耐心察看的话，毫无疑问能再找到些没有烧尽或者仅仅烧焦的材料。他把印有罗得岛州普罗维登斯字样的粉红纸撕成碎片，丢在这只他已经扶正的旧汽油桶内。他想起自己从没去过罗得岛州普罗维登斯，把扫帚柄放回石砌工棚，看到他那赛车用的自行车在那里，它的轮胎需要打气了，他就回进旅馆的厨房，一看里面没人，就一直走到会客室，和他妻子凯瑟琳在吧台前相会。

“不是完全跟我说的一样吗？”凯瑟琳问。

“对，”戴维说，在一只凳子上坐下来，把双肘搁上吧台。

“也许只烧掉那些剪报就够了，”凯瑟琳说。“不过我当初确实想该来次大扫除。”

“你干下了，没错儿，”戴维说。

“你现在可以径直去继续写那篇游记，再没有什么来打扰你了。早上就可以动手。”

“当然，”戴维说。

“很高兴你对此通情达理，”凯瑟琳说。“你哪里知道那些短篇小说多么一钱不值，戴维。我只好用行动来使你明白。”

“难道就不能保留你喜欢的写基波的那一篇？”

“我告诉过你我找过的。不过如果你想重写的话，我可以一个个字地背给你听。”

“这倒挺有趣。”

“当真如此。你会明白的。要我现在就给你背吗？你愿意的话，我可以做到。”

“不要，”戴维说。“不要现在就干。不过你愿意来写吗？”

“我写不来，戴维。这你知道。不过随便什么时候你想写，我都可以背给你听。你并不真心在乎其他的那几篇，是吗？它们一钱不值。”

“你到底为什么要这样干？”

“为了帮助你。你可以去非洲，等你的观点更成熟了重写。那地方不会有多大的改变。不过我以为如果你不写非洲而写西班牙才好呢。你说过那地方几乎跟非洲一个样，而且在那边你可以有使用一种文明语言的优越条件。”

戴维管自倒了一杯威士忌，找来一瓶毕雷矿泉水，开了盖，倒了一些在酒杯里。他想起当初在平原上去死水城时路过人家把毕雷牌矿泉水装瓶的地方，并且如何——“我们不要再谈写作吧，”他对凯瑟琳说。

“我喜欢谈，”凯瑟琳说。“只要是富有建设性并且有什么实际的目的。你动手写那些短篇小说前一向写得挺出色。最糟的是写那些污秽的东西、苍蝇以及那些残忍和兽性的行为。你似乎简直沉溺在里头了。那幕火山坑中的屠杀场面真可怕，还有你的亲生父亲全无心肝。”

“我们不能不谈这些吗？”戴维问。

“我要谈，”凯瑟琳说。“我要你明白为什么非把它们烧掉不可。”

“写出来吧，”戴维说。“我现在可情愿不听。”

“可是我写不来呀，戴维。”

“你会写的，”戴维说。

“不。不过我会把它讲给一个能写下来的人听的，”凯瑟琳说。“如果你对我友好，你就会替我来写。如果你真心爱我，你就会乐于写。”

“我只想做一件事，就是把你杀了，”戴维说。“而我没有杀你的唯一理由是因为你疯了。”

“你不能这样跟我说话，戴维。”

“不能？”

“对，你不能。你不能。听见了吗？”

“我听见了。”

“那就听我说你不能说这种话。你不能对我说这么可怕的话。”

“我听见了，”戴维说。

“你不能说这种话。我不能容忍。我要跟你离婚。”

“那可欢迎之至。”

“那我就跟你继续保持婚姻关系，永远不跟你离婚。”

“这也挺妙。”

“我要对你爱怎么干就怎么干。”

“你做到了。”

“我要把你杀了。”

“我怕个屁，”戴维说。

“在这种场合，你连讲得像个上等人也不会。”

“上等人在这种场合该怎么讲？”

“讲他觉得遗憾。”

“好吧，”戴维说。“我觉得遗憾。我遗憾竟然结识了你。我遗憾竟然跟你结了婚——”

“我也一样。”

“请住口。你可以把它讲给一个能写下来的什么人听。我觉得遗憾你母亲竟然结识了你父亲，他们竟然生下了你。我遗憾你降生了并且长大成人。我为了我们已干下的所有好事和坏事觉得遗憾——”

“你并不这样。”

“对，”他说。“我要住口了。我没打算作一次演讲。”

“你仅仅是为你自己觉得遗憾而已。”

“可能吧，”戴维说。“不过真该死，魔鬼，为什么你定要烧呢？那些短篇小说？”

“我不得不烧，戴维，”她说。“很遗憾你不理解。”

其实他在向她提出这问题之前就理解了，因此他刚才问的话，他明白，只是表表态而不需要回答的。他讨厌这种辞令，不信任搬这种辞令的人，因此感到羞愧自己也来这一套了。他慢慢喝着兑矿泉水的威士忌，边喝边想，凡是被人理解的事儿就能得到原谅，这是多么不正确，因此就煞费苦心地严加约束自己，就像过去跟机修工和枪械制造者一起检修飞机、发动机和他的枪支时那样。当时并不需要这样做，因为这些人干得十全十美，但这样做是种办法，可以不必去思索了，而且用个窝囊的字眼儿来说吧，这样做令人欣慰。现在可需要这样做了，因为他曾对凯瑟琳说要杀了她，这话说得相当真诚，并不是搬弄辞令。他对说这话后作的那番演讲觉得羞愧。然而关于这句真诚地说出的话，他一点也没法补救，只能严加约束自己，这一来，万一他开始失去控制，他可以有恃无恐。他又顾自倒了杯威士忌，又兑上矿泉水，看一个个小气泡生成再破裂。愿上帝把她打进地狱去，他想。

“很抱歉我不近人情，”他说。“我当然是理解的。”

“我太高兴了，戴维，”她说。“我明儿早上要出门。”

“去哪儿？”

“去昂代，然后去巴黎为那本书找些画家。”

“当真？”

“对。我想我该去。现在这样，我们已经浪费时间了，而今天我获得了很大的进展，所以必须进行下去。”

“你怎么去？”

“开布格车去。”

“你不该独个儿开车。”

“我要嘛。”

“你不该，魔鬼。说真的。我不能让你这样干。”

“乘火车去行吗？有一班去巴荣纳的。我可以在那儿租辆汽车，要不在比亚里茨。”

“我们明儿早上再谈行吗？”

“我要现在就谈。”

“你不该去，魔鬼。”

“我去定了，”她说。“你不能阻止我。”

“我无非是在想个万全的办法。”

“不，你不是这样。你在企图阻止我。”

“如果你等一等，我们可以一起去。”

“我不要一起去。我要明天就动身，坐布格车去。如果你不同意，我就乘火车去。你不能阻止人家乘火车去啊。我成年了，就因为嫁给了你，可并不使我成为你的奴隶或者你的私人财产。我要去，你不能阻止我。”

“你会回来吗？”

“我打算回来。”

“我明白了。”

“你不明白，不过也没什么关系。这是个理由充分而协调一致的规划。这些事儿不光是一挥而就的……”

“挥进一只废纸篓[①]吧，”戴维说，想起了自我约束，就呷起兑矿泉水的威士忌来。

“你要去找你在巴黎的律师吗？”他问。

“如果跟他们有事要谈的话。我一向总是去找律师的。只因为你没有任何律师，并不意味着别人就不该去找他们的律师。你要我的律师来给你干什么事吗？”

“不用，”戴维说。“操你的那些个律师。”

“你手头有不少钱吗？”

“关于钱，我没什么问题。”

“真的吗，戴维？那些短篇小说不是值一大笔钱吗？这事使我烦恼死了，我知道自己应该负责。我要打听明白，严格地做我该做的事。”

“你要做什么？”

“严格地做我该做的事。”

“你究竟打算做什么？”

“我要把那些小说估个价，我要付双倍的钱，存进你的银行账户。”

---

① 上句的“一挥而就”原文为 tossed off，在俚语中可解作“打手铳”，戴维想到凯瑟琳曾责怪他独个儿对着装满剪报的废纸篓干伤风败俗的事儿，所以这样说。

“听上去挺慷慨，”戴维说。“你是一向慷慨的。”

“我要做到公正，戴维，但很可能它们的经济价值要比评估出来的价钱大得多。”

“由谁来评估这些东西？”

“总该有人会评估的吧。有人什么都能评估。”

“哪一号人？”

“我不知道，戴维。不过想必是《大西洋月刊》、《哈泼氏杂志》、《新法兰西评论》[①]的编辑这种人吧。”

“我要出去一会儿，”戴维说。“你觉得没事吗？”

“我觉得挺好，只不过觉得也许对你干了桩大坏事，必须竭力纠正，”凯瑟琳说。“这就是我要去巴黎的唯一理由。我原来不想告诉你。”

“我们不谈事故的受害者吧，”戴维说。“这么说你要乘火车去？”

“不。我要开布格车去。”

“好吧。开布格车去。只要小心地驾驶，在山区别超车就行。”

“我要照你教我的办法开车，并且假装你始终陪着我，跟你讲话，讲些故事，编造我如何搭救你性命的故事。我一向编造这些故事。而且跟你一起路程会显得短得多，不费什么力气，速度也不会显得太快。我会很开心的。”

---

① 美国的《大西洋月刊》是1857年于波士顿创刊的文学杂志，刊登高质量的小说及评论文章，《哈泼氏杂志》也是份高档的评论刊物，由名作家任编辑。《新法兰西评论》于1909年由法国作家纪德（1869—1951）创办，撰稿人有普鲁斯特、瓦雷里、莫里亚克等名作家，大力推崇诗人波德莱尔，于第二次世界大战中法国沦陷区成立维希政府后停刊，前后三十多年。

“好，”戴维说。“尽量轻松地干吧。第一夜在尼姆住宿，除非你出发得早。在大将军旅馆，人家认识我们。”

“我原想一直开到加加松[1]。”

“不，魔鬼，请别这样。”

“没准我可以出发得早，赶得到加加松。我要打阿尔和蒙彼利埃走，并不走尼姆耽搁时间。”

“如果出发得晚，就在尼姆停下吧。”

“这样做未免太幼稚了，”她说。

“我陪你一起开车去，”他说。“我该去。”

“不，请别去。要紧的是这事我要一个人干。的确如此。我不愿要你去。”

“好吧，”他说。“不过我还是该去的。”

“请别去吧。你该对我有信心，戴维。我会小心开车的，然而还是要一直开过去。”

“你干不成，魔鬼。现在天黑得早。”

“你不必担心。你真好，肯让我走，”凯瑟琳说。“不过你总是会答应的。如果我干了什么我不该干的事，希望你肯原谅我。我会非常惦记你的。已经在惦记你啦。下一次我们再一起开车吧。”

“你这一天大忙特忙，”戴维说。“你累了。至少让我把你的布加迪车开到城里去打个来回，把它检修一下。”

他在玛丽塔的房门口停了步，说，“你想坐车去兜风吗？”

“好，”她说。

“那就走吧，”他对她说。

---

① 加加松为法国南部一大城市，位于下文提及的蒙彼利埃之西。

第二十七章

戴维坐进汽车，玛丽塔也上车在他身旁坐下，他就把车开上一段被海滩上刮来的流沙覆盖的路面，然后调小油门，减低速度，注视着左前方那片纸莎草和右边空荡荡的海滩和大海，这时看到了前方的黑色公路。他把车又开上大路，直到看见那座刷上白漆的桥迎着他飞速逼近，就目测了一下距离，放慢车速，把脚从油门上提起，轻轻踩着刹车。车子很稳，每踩一下就减少一分冲力，方向没偏也没阻碍。他在桥头把车停下，换上低速挡，又朝前开，在越来越挤、井井有条的车流中顺着 6 号公路驶向戛纳。

“她把那些东西全烧了，”他说。

“唉，戴维，”玛丽塔说，他们就一直开进这时已灯火辉煌的戛纳，戴维把车停在他们初次相会的那家咖啡馆门前的树下。

“难道你不情愿到什么别的地方去？”玛丽塔问。

“我无所谓，”戴维说。“没什么天大的差别。”

“如果你只想再开开车的话，”玛丽塔出主意说。

“不。我情愿松弛一下，”戴维说。“我原不过要试试这车是不是情况良好，可以让她去开。”

“她要出门？”

“她这么说的。”

他们坐在露台上的桌子边，在树上的叶子投下的斑驳阴影中。招待给玛丽塔端来一杯贝贝大叔[1]，给戴维一杯兑矿泉水的威士忌。

“要我陪她去吗？”玛丽塔说。

“你并不真以为她会出什么事吗？”

“对，戴维。我以为她造成了损害，已告一段落了。”

“可能吧，”戴维说。“真该死，她把什么都烧了，只留下那篇游记。就是写她的那篇东西。”

“那是篇了不起的游记，”玛丽塔说。

“别给我打气啦，”戴维说。“我写了这一篇，还写了她烧掉的那些。别给我来一套人家灌输给部队的劳什子啦。”

“你可以重写嘛。”

“不，”戴维对她说。“写得对头的东西，你就是记不住。每次重读时，总觉得给你一个无法置信的大惊喜。你不相信是你自己写的。一旦写得对头了，你就永远没法再来一次。对每篇东西，你只能干成一次。而且也只容许你一辈子干这么多。”

“这么多什么？”

“这么多好作品。”

“不过你能记得起来的。你一定能。”

“我不能，你不能，什么人都不能。它们就飞走了。一旦我写得对头了，它们就飞走了。”

“她对你使坏。”

“不，”戴维说。

“那么是什么？”

“操之过急，”戴维说。“今天什么事都是这样，因为她实在操之过急。”

“但愿你对我也这么宽厚。”

---

① 贝贝大叔为西班牙产的一种干雪利酒的商标名。

"你就待在我身边，帮助我，别让我把她杀了。你知道她打算干什么，是不？她打算为那些短篇小说给我钱，这样我就没什么损失了。"

"不。"

"对，她要这么干。她要叫她的那些律师用某种异想天开的卢比·戈德堡[1]方式把它们估个价，然后照这估价付我双倍的钱。"

"说真的，戴维，她没有说这话吧。"

"她说过，而且是完全合情合理的。只有些细节问题还需要解决，这还不算，按估价或者不论什么价双倍付款使这显得慷慨并且使她快活。"

"你不能让她一个人开车，戴维。"

"我知道。"

"你打算怎么办？"

"我说不上。不过我们且在这儿坐一会儿吧，"戴维说。"一点也不用着急。我看她也许觉得累，去睡了。我巴不得也去睡觉，跟你一起，然后醒过来，发现那些东西都在，没有给烧掉，又可以动手写作了。"

"我们要睡去，等你有一天醒过来，你会写得跟今儿早上一样棒。"

"你太好了，"戴维说。"不过那一晚你走进这儿来，就确实陷进了一大堆麻烦里头，是不？"

"别想把我拔出来，"玛丽塔说。"我知道自己当时陷进了什么里头。"

---

① 卢比·戈德堡(Rube Goldberg，1883—1970)为美国连环漫画家，曾创作一位发明家布茨教授的形象，此人善于搞复杂的发明来干十分简单的事。

"当然，"戴维说。"我们俩都知道。要再来一杯吗？"

"如果你要的话，"玛丽塔说，接着加上一句，"当初来的时候，我不知道这会是一场战斗。"

"我也不知道。"

"对你来说，这实在不过是你跟时间在较量。"

"可不是跟凯瑟琳的时间较量。"

"只因为她的时间观跟你的不一样。因此她惊慌失措了。你今晚说过今天一天尽是操之过急。这样说不对，不过却是富有洞察力的。而且你好久以来一直多么出色地战胜了时间。"

过了好久，他才叫招待过来，付了酒钱，给了好一笔小费，发动了汽车，开了头灯，正要把手从离合器杆上拿开，又醒悟到到底发生了什么事。这景象又兜上心头，清清楚楚，一点也不模糊，就像他当初朝那只烧垃圾的桶里张望，看到被扫帚柄搅和的纸灰时一样。他小心地使头灯的光朝这城市宁静而空旷的暮色中射去，跟随着这两道光顺着港边开上公路。他感觉到玛丽塔的肩膀挨着他，听到她在说，"我明白，戴维。这事也伤着我。"

"别让它伤着你。"

"我倒庆幸它伤着我。没什么事可干了，但我们要来干那事儿。"

"好。"

"我们当真要干那事儿。你跟我。"

第二十八章

回到旅馆，戴维和玛丽塔走进大堂，女主人从厨房走进来。她手拿一封信。

“夫人乘火车去比亚里茨了，”她说。“她给先生留下这封信。”

“她什么时候走的？”戴维问。

“先生跟夫人一走后就走的，”奥罗尔夫人说。“她打发那大孩子上车站去买票，订了一个包间。”

戴维看起信来。

“你们想吃些什么？”女主人说。“来些冷鸡肉和一客色拉？第一道吃煎蛋卷。还有羔羊肉，如果先生宁愿吃的话。他爱吃什么，夫人？”

玛丽塔和奥罗尔夫人交谈起来，戴维把信看完。他把它放进衣袋，望着奥罗尔夫人。“她走的时候看上去正常吗？”

“恐怕不大正常，先生。”

“她会回来的，”戴维说。

“是的，先生。”

“我们会好好照顾她的。”

“是的，先生。”她把煎蛋卷翻了个身，轻轻地哭起来，戴维就伸出一臂搂住她，亲了她一下。“跟夫人谈去吧，”她说，“我来摆饭桌。奥罗尔跟他侄子在纳波尔，边打牌边谈政局。”

“我来摆吧，”玛丽塔说。“把那瓶葡萄酒开了，戴维，请吧。

你看我们该来瓶朗松酒吧？”

他关上冰柜的门，握住那冰凉的酒瓶，扭掉封蜡，解松铅丝，然后小心翼翼地用拇指和食指拔瓶塞，感觉到上面的金属帽弄痛了他的拇指，摸到这冰凉的圆滚滚的高酒瓶，知道可以享受一下。他缓缓地拔出瓶塞，斟了满满三杯。女主人端着酒杯从炉灶前后退一步，大家都举起酒杯。戴维不知道该为什么干杯，就把想到的头一句话用法语说出口来，那就是“为我们和自由干杯”。

大家都干了杯，随后女主人端上煎蛋卷，大家又干了杯，这次没说祝酒词。

“吃吧，戴维，请吧，”玛丽塔说。

“好吧，”他说，喝了一些酒，慢慢地吃了一些煎蛋卷。

“只要吃一些就行，”玛丽塔说。“对你有好处。”

女主人望望玛丽塔，摇摇头。“你不吃东西，可一点好处也没有，”女主人对他说。

“说得是，”戴维说，慢慢儿小心地吃起来，每斟一杯这种香槟酒，喝起来都好像是新酿的。

“她把汽车留在哪儿？”他问。

“留在车站上，”女主人说。“那大孩子陪她开车去的。他把车钥匙带回来了。在你房里。”

“那卧车挤吗？”

“不。他送她上车的。只有不多几个乘客。她会有地方的。”

“那火车不赖，”戴维说。

“吃些鸡吧，”女主人说，“再喝些葡萄酒。再开一瓶吧。你的这两位女眷也渴了。”

“我可不渴，”玛丽塔说。

“不，你渴，”女主人说。“喝完了，带一瓶去吧。我知道这酒的性子。喝好的葡萄酒对他有好处。”

“我不想喝得太多，亲人儿，”戴维对女主人说。“因为明天是个不好的日子，我不情愿也感觉不好。”

“你不会的。我了解你。就为了叫我高兴吃东西吧。”

几分钟后，她说了声失陪了，走开了一刻钟。戴维把鸡全吃了，后来还吃了色拉，等她回来了，大家一起喝了杯葡萄酒，然后戴维和玛丽塔对这时变得非常拘谨的女主人道了晚安，女主人就走出到露台上去观赏夜景。他们俩都迫不及待，戴维拎着冰桶，里面有瓶已开瓶的葡萄酒。他把冰桶放在炉灶上，把玛丽塔搂在怀里，吻她。他们紧紧搂住了，一言不发，随后戴维拿起冰桶，两人走到玛丽塔的房间。

她的床已铺好供两人睡，戴维把冰桶放在地板上，说了声“夫人”。

“对，”玛丽塔说。“理所当然。”

他们躺在一起，外面的夜清澈凉快，微风从海上吹来，玛丽塔说，“我爱你，戴维，现在这是千真万确的了。”

千真万确，戴维想。千真万确。什么事都不是千真万确的。

“一直到现在，”玛丽塔说，“在我能陪你通宵睡在一起之前，我一直在想，想到你不会喜欢那种睡不着觉的妻子。”

“你是哪种妻子呢？”

“你就会明白的。现在可是个快乐的妻子。”

他自以为过了好长时间才睡着，实在并非如此，等到他在灰蒙蒙的晨光初现时醒过来，看见玛丽塔在床上躺在他身边，感到愉快，直到想起了发生过什么事。他非常小心不去弄醒她，可是等她动弹时却吻了她才从床上跨下。她微笑着说，“早上好，戴维，”于是他说，“再入睡吧，我最最亲爱的爱人。”

她说，“好吧，”就像只小动物般一骨碌翻过身去，露出一头黑发，蜷起身子躺着，闭上的双眼背对着天光，又长又黑又亮的睫毛由清晨时显得玫瑰般红棕色的肤色衬托着。戴维望着她，心想她多美啊，他能看出在睡觉时她的神采也没有离开她的肉体。她很可爱，头发和皮肤的颜色以及光滑得难以置信的肌肤简直像是个爪哇人，他想。他看到她的脸色随着天光越来越亮而变深。随后他摇摇头，把衣服搭在左臂上，开了房门再随手关上，走出到这新的一天的晨光中，光着脚走在还被露水沾湿的石板路上。

他在自己和凯瑟琳的房间内洗了淋浴，刮了胡子，找出一件干净衬衫和一条短裤，穿上，望望这空荡荡的寝室的四下，这是凯瑟琳不在时他在这房内的第一个早晨，他随后出房走进没人的厨房，找出一听库克船长牌白葡萄酒渍鲹鱼，开了听，拿了这听汁水满得齐听边随时要溢出的鱼，还有一瓶冰镇的图博格牌啤酒[①]走出到酒吧间去。

他开啤酒瓶，用右手的拇指和食指的第一节夹住瓶盖，把它弄弯，对折在一起，一看没有放垃圾的桶可以把瓶盖扔进去，就把它放进口袋，举起这摸上去还是冰凉的酒瓶，这时在手指间结成湿漉漉的水珠，还闻闻那开了听的加香料的盐渍鲹鱼，他喝了一大口冰啤酒，把酒瓶搁在吧台上，从后裤袋里掏出一封凯瑟琳写的信，展开信纸，开始重读一遍。

戴维，我突然明白该让你知道情况是多么可怕。比撞上一个什么人更糟的是，我想最糟的是撞了个小孩吧——用汽车撞

① 图博格牌啤酒产于丹麦首都哥本哈根。

上的。挡泥板给撞击了一下，也许不过是轻微的一碰，于是一切都发生了，人们聚拢来尖叫。有个法国妇女大叫一声莽撞司机，尽管这是那孩子的过错。我干下了，我明白我干下了，我没法补救了。事情太骇人了，无法理解。但是毕竟发生了。

我要长话短说。我会回来的，我们来尽力把事情办好。根本不必担心。我会为了我们这本书打电报，写信，做一切事，因此如果你有一天写成了，这唯一要紧的事只有我会来干。我不得不烧掉其他那些东西。最糟的是我认为这事干得理直气壮，不过这也不必由我来告诉你。我不想请你原谅，可是请你保持好运，我就会尽力干一切要干的事。

女继承人一直待你跟我都很好，我并不恨她。

我不想照我的心愿结束此生，因为这样会显得太不近人情，叫人难信，可是我还是要说出口来，因为我一向唐突无礼和自行其是，近来还不近人情，这我们俩都知道。我爱你，我将永远爱你，并且我很抱歉。这是个多么无用的字眼儿啊。

凯瑟琳

他读完信后，又通读了一遍。

他从没看到过其他凯瑟琳写的信，因为自从他们在巴黎克里永大饭店[①]的酒吧相识直到在奥什大街美国教堂结婚，两人天天见面，因此这会儿第三遍读这第一封信时，他觉得还是能，而且曾经被她所打动。

他把信放回裤袋，又吃了一条浸在芳香的白葡萄酒沙司里的胖

① 克里永大饭店位于巴黎市中心协和广场，为该城历史悠久的老饭店之一。

乎乎的小鲹鱼，然后喝光了冰啤酒。随后他走出到厨房去取一片面包来吸干长听子里的汁水，还再拿了一瓶啤酒。他今天要试图写作，但几乎一定会失败。这一阵子情绪太激动，伤害太大，什么都太过分，而他改变了忠贞对象，不管这看来多么正当，不管如何使他的问题简单化了，却是桩既严重又粗暴的事，而这封信把这份严重和粗暴混为一谈了。

他动手喝第二瓶啤酒时想，得了，伯恩，别花时间去想情况有多糟了，因为你是有数的。你有三种选择。好好回想一篇失去的作品，把它重新写出来。第二，你可以想法写一篇新作。还有第三，把那天杀的游记继续写下去。所以把铅笔削削尖，挑最好的一支用吧。只要能把赌注押在自己身上，你总是会赌一下的。永远别把赌注押在任何能讲话的人身上，你父亲说过，而你说，除了你自己。于是他说，我就不行，戴凡，但有时候可以押在你自己身上，你这铁石心肠的小杂种。他原想说冷酷无情，但用他那张会说和婉的谎话的嘴把字眼好心地换了。要不，也许他说的是真心话。别喝了图博格牌啤酒骗自己啦。

所以拿起最好的一支，尽力写一篇新的好作品吧。并且要记住，玛丽塔受到了跟你同样厉害的打击。也许更厉害。所以赌一下吧。她跟你一样，对我们失去的东西在乎得很哪。

第二十九章

那一天，等他终于放弃写作，已是下午。他当时一进工作室，就动笔写一句句子，并且把它写成了，但后来就一句也写不出了。他把那一句划掉，动笔另写一句，可又是脑中一片空白。尽管他知道下一句该是怎么样的，但还是写不出来。他又写了开头的一句简单的陈述句，但就是不可能在纸上写出下一句。过了两个小时，情况依然如此。他写了一句就写不下去，而这些句子本身越来越简单，并且索然无味。他继续努力了四个小时，才明白对付这已成事实，决心一无用处。他承认这一点，但心里不服气，于是合上这有一行行划掉的字句的笔记本，收起，走出去找那姑娘。

她正在露台上的阳光下看书，她抬头望见他的脸，就说，“不行？”

“比不行更糟。”

“一点也不行？”

“着。”

“我们来喝一杯吧，”玛丽塔说。

“好，”戴维说。

两人在室内的吧台边，天光陪他们一起进了屋。这一天跟上一天一样美好，也许更美好，因为夏季本该过去了，每一个暖和的日子都是额外的福分。我们不该浪费它，戴维想。我们该竭力使它美好，可能的话把它珍藏起来。他调好马提尼酒，斟了两杯，两人一尝，觉得这酒冰冷，没有甜味。

“你今天早晨试图写作是做得对的，”玛丽塔说。“不过我们今天别再去想这事吧。”

“好，”他说。

他伸手去拿那瓶戈登氏金酒、诺以利酒[①]和调酒壶，倒掉冰水，留下冰块，用他那只空酒杯做量杯动手再调两杯。

“今天很美好，”他说。“我们该做什么？”

“现在就去游水吧，”玛丽塔说。“这样就不至于浪费这一天了。”

“好，”戴维说。“该通知女主人我们要迟些回来吃中饭吗？”

“她准备好了一份冷餐，”玛丽塔说。“我早想也许你不管工作得怎么样会想去游水的。”

“这想法很明智，”戴维说。“女主人可好？”

“她一只眼睛稍微变了点儿颜色，”玛丽塔说。

“不能。”

玛丽塔哈哈笑了。

他们在大路上驶去，穿过林子，绕过地岬，把汽车留在松林的斑驳树荫中，拿起装午餐的筐子和海滩用品，顺着小道朝下走向小湾。他们穿过五针松林朝下走，这时东方吹来一阵微风，海水一片深蓝。岩石是红色的，小湾的沙滩是黄色的，上面有着皱纹，他们走近一看，海水清澈，这时在沙底上呈明净的琥珀色。他们把筐子和背包放在那块最大的岩石的背阴处，脱去衣服，戴维就登上高岩准备跳水。他站在上面，光着身子，在阳光下一身棕色，眺望着大海。

---

① 戈登氏金酒为英国老牌，1769 年创始，为最畅销的名酒之一。诺以利酒为法国产的一种干苦艾酒，常用作开胃酒。

“想跳水吗？”他叫道。

她摇摇头。

“我等你。”

“不用，”她朝上面叫道，就涉水朝外走到齐大腿深的海水中。

“怎么样？”戴维朝下叫道。

“比过去都凉得多。简直很冷。”

“好，”他说，等她一边看着他一边蹚水、海水没到她腹部并触及她乳房的时候，他挺起身子，踮起双脚，一时看来好像慢悠悠地给吊在空中，并不掉下，然后身子弯成折刀状朝外跳，掉在水中，激起一股水花，就像海豚跃出水面时形成一个水穴，再滑溜溜地掉进去时的情景。她朝那一圈圈水波游去，接着他在她身边冒出水来，抱住了她不放，抱得紧紧的，然后把带咸水味的嘴贴在她嘴上。

“真美，这大海，”他用法语说。“你也一样。”

他们游出小湾，再游出去进入深水，游过那山脚一直伸进大海的地方，朝天躺在水面上，就这么浮着。海水比往常更冷，但最上面的水却比较暖和，玛丽塔反弯起背脊浮着，头部除了鼻子全在水下，褐色的乳房被微风在海面上激起的水波轻轻地拍击着。她迎着阳光，闭上双眼，戴维就在她身边的水中。他一臂托着她的头，然后吻她左边乳房的乳尖，然后吻另一只乳房。

“它们有海水的味道，”他说。

“我们就在这儿入睡吧。”

“你能行吗？”

“要一直弯着背可太难了。”

“我们一直游出去然后游回来吧。”

“好啊。”

他们游到老远的地方，比以往任何一次更远，远到能望到下一个地岬再过去的地方，然后再朝外游，直到能看到树林后边那道断断续续的紫色山脉。他们就在那儿仰躺在水面上，注视着海岸。随后慢慢地游回去。游到看不见那道山脉时休息一下，等到看不见那地岬时又休息一下，然后慢慢地、有力地一直游回去，游进小湾口，从水中登上海滩。

“你累吗？”戴维问。

“累极了，”玛丽塔说。她从没游得那么远过。

“心还在怦怦地跳吗？”

“哦，我没事。”

戴维从海滩上走到岩石边，找出了一瓶塔韦尔酒和两条毛巾。

“你模样像条海豹，”戴维说，在她身边的沙地上坐下来。

他把塔韦尔酒瓶递给她，她就着瓶子喝了，就还给他。他慢慢儿喝了好大一口，然后在阳光下伸展身子，躺在平坦干燥的沙地上，他们身边搁着那放午餐的筐子，就着酒瓶喝的葡萄酒很凉，这时玛丽塔说，“凯瑟琳就不会游得累。”

“不会才怪。她从没游得那么远过。”

“当真？”

“我们游了好长一程啊，姑娘。我从没游到过能看到后边那道山脉的地方。”

“好吧，”她说。“我们今天对她一点儿忙也帮不上了，所以就别去想这事儿啦。戴维？”

“对。”

“你还爱我吗？”

“爱。非常爱。”

“没准儿我对你犯了一个大错，而你不过是待我客气而已。”

“你没有对我犯下任何错误，我也并不是待你客气。”

玛丽塔拿起一把小红萝卜，慢慢地吃着，还喝了些葡萄酒。小红萝卜又嫩又脆，味道很冲。

“你不必为写作担心，”她说。“我知道。就会没问题的。”

“当然，”戴维说。

他用叉把一只朝鲜蓟芯切开，拿一块在女主人做的芥末酱中转了一下，吃了。

“可以把塔韦尔酒给我吗？”玛丽塔说。她喝下一大口葡萄酒，把瓶子的底部牢牢地按在沙子里，瓶身靠在筐子上。“女主人准备的午餐不是很好吗，戴维？”

“真是顿挺美的午餐。奥罗尔真的把她的一只眼睛打青了？”

“没有真的打青。”

“她对他讲话很不客气。”

“年龄差别大，如果她侮辱他，他是有权利打她的。她这样说过。在事后。她还给你捎了个口信。”

“什么口信？”

“就是表示爱的口信嘛。”

“她爱你，”戴维说。

“不。你真蠢。她不过是站在我的一边罢了。”

“不再有什么这一边那一边啦，”戴维说。

“对，”玛丽塔说。“而且我们当初并没有存心要分这一边那一边的。就那么发生了。”

“的确发生了。”戴维递给她放切好的朝鲜蓟芯的小缸和调料，拿起另一瓶塔韦尔酒。酒瓶还很凉。他慢慢喝下好大一口葡萄酒。“我们给烧毁了，”他说。“疯女人把伯恩夫妇烧毁了。”

“我们是伯恩夫妇吗？”

“当然。我们是伯恩夫妇。要弄到证书也许要花一段时间。不过我们正是夫妇。你要我写下来吗？我看这我能写。”

“你不必写。”

“我来写在沙地上吧，”戴维说。

他们睡得好，轻松自如，直到傍晚，等太阳落山时，玛丽塔醒过来，看见戴维正躺在床上，就在自己身边。他闭着嘴，呼吸得非常慢，她望望他的脸和以前只见过两回的合着入睡的眼睛，还望望他的胸膛和两臂伸直在两侧的身子。她走到浴室门口，望着长镜子中自己的影子。随后冲着镜子微笑。她穿好了衣裳，走出去到厨房和女主人说话。

后来，戴维还是熟睡着，她就在他身边的床上坐下。暮色中，他的头发衬着他黝黑的脸色，显得泛白，她就等着他醒来。

他们坐在吧台前，都喝着兑矿泉水的黑格牌威士忌。玛丽塔十分小心，并不多喝。她说，“我认为你该每天进城去买了报纸，喝上一杯，一个人看报。但愿有家俱乐部或者地道的咖啡馆，你可以在那儿会会朋友。”

“就是没有啊。”

“哦，我想每天你不写作的时候该离开我一段时间，这样对你有好处。你跟姑娘们打交道得太过分了。我一直想要看到你结交男性朋友。这是凯瑟琳干得太缺德的一桩事。”

“不是存心干的，这原是我自己的过错。”

“也许是这么回事。不过你看我们会结交些朋友吗？好的朋友？”

“我们每人已经有一个了。”

“还会有别的吗？”

“也许吧。”

“她们会把你夺走吗？因为她们比我更懂事。”

“她们不会更懂事。”

“她们会带着新的玩艺前来，又年轻又新奇又精神，你就会讨厌我吗？”

“她们不会那样干，我也不会讨厌你。”

“如果她们这样，我就把她们杀了。我才不会像她那样把你让给别人呢。”

“这敢情好。”

“我要你结交男性朋友和打过仗的朋友，跟他们一起打枪，在俱乐部打牌。不过我们不必让你结交些女朋友，是不？精神焕发的新朋友，她们会爱上你，真正理解你什么的，是不？”

“我并不跟娘们厮混。这你知道。”

“她们始终是新奇的，”玛丽塔说。“每天都有新人儿。要提出警告，对谁也不会太过。尤其是你。”

“我爱你，”戴维说，“而你也是我的伴侣。不过悠着点儿吧。只消陪着我就行了。”

“我正陪着你。”

“这我知道，我喜欢看着你，知道你就在这儿，还知道我们要一起睡觉，感到快活。”

黑暗里，玛丽塔挨着他躺着，他感到她的乳房贴在自己胸膛上，一臂搁在他脑后，一只手抚摸他，嘴唇贴在他的嘴上。

“我是你的姑娘，”她在黑暗中说。“你的姑娘。不管发生什么事，我总是你的姑娘。你的爱你的好姑娘。”

“对，我的最最亲爱的爱人。好好睡吧。好好睡吧。”

“你先入睡，”玛丽塔说，“我过一会儿就回来。”

等她回来时他已经睡着了，她就钻进单被下，在他身边躺下。他侧身向右睡着，轻柔平稳地呼吸着。

第三十章

早上第一道晨光射进窗户时，戴维醒过来。外面还是灰蒙蒙的，那些松树树干跟他通常醒来时看到的不一样，林子和再过去的大海之间的距离显得更长。他右臂发僵，因为睡时身子压在上面。接着完全清醒了，他明白自己睡在一张陌生的床上，看见玛丽塔就睡在身边。他想起了一切，就亲切地望着她，拿单被盖上她娇嫩的褐色胴体，然后又非常之轻地吻了她一下，披上晨衣走出房间进入给露水弄得湿漉漉的大清早的氛围，心中带着她那副睡姿的印象走到自己的房间。他洗了冷水淋浴，刮了脸，穿上衬衫和短裤，一直走到他的工作室。他在玛丽塔的房门前停下，小心翼翼地把门推开。他站住了看她睡着的模样，然后轻轻关上房门，走进他写作的那个房间。他拿出铅笔和一本新的笔记本，削好了五支铅笔，动手写一篇关于他父亲和马及-马及起义那一年的那场袭击的短篇小说，那是从跋涉苦水湖开始的。他这时正写到渡湖的经过，然后写好这可怕的长途跋涉第一天的行程，等初升的太阳照在他们身上，那段不得不在黑夜中走的路程只走了一半，随着热浪变得难以忍受，一幕幕海市蜃楼般的幻景出现了。等到早晨过半，海上吹来一股穿过松林的清新强劲的东风时，他已写完了在无花果树下第一次扎营露宿的经过，那儿有活水从悬崖上泻下，还写了清早从那营地出发、走进通往直上悬崖的陡峭通道的长洼地的情景。

他发现对他父亲的理解比前一回写这篇小说时深得多，还明白可以拿那些使他父亲显得更活龙活现、比从前写得更有深度的细节来衡量自己进展如何。就在现下，他觉得很幸运，自己的父亲不是个单纯的人。

戴维一股劲地写着，很是顺利，以前写过的句子完完整整地回到记忆中，他就一句句写下，一句句校正，一句句删改，好像在看校样。没有一句给遗忘，有好多句他就照回忆起来的样子写下来，一字未改。到了两点钟，他恢复、校正并提高了原来花了他五天工夫才写成的东西。他这回再继续写了一段时间，没有迹象表明会有任何句子不会完整无缺地回进他的记忆中。

ween, ~~the steel dark~~ and branches
eyond a tent, from under which
you step out to see too many
tars. The moon gone down, the breeze has risen
n urinate. Uplooking at the uncross-like blu
f Southern cross
rofundity of initial and thus each morning in the
urination
ublicity of constellations reflect upon ~~the~~ ~~[illegible]~~
isten to the night move highly past you
en walk to where Pap sits before the fire,
ipe comforted, his vultures perched, loving the
ime before daylight and the windless burning of
ead branches he says, "How are you, governor?"
" No worse than you."

The sky is very high there and branches
one between, ~~the steel dark~~ from under which
eyond a tent, you step out to see too many
tars. The moon gone down, the breeze has risen
n urinate. Uplooking at the uncross-like
f Southern cross
rofundity of initial and thus